U0585095

中国少数民族
文学之星丛书

七角羊

娜仁高娃 著

作家出版社

编委会名单

主　任：阎晶明　邱华栋
副主任：彭学明（土家族）
编　委：
包明德（蒙古族）　叶　梅（土家族）　孟繁华　包宏烈
尹汉胤（满族）　刘立云　宁　肯　张　柠　刘大先
黄德海　陈　涛　杨玉梅（侗族）　郑　函（满族）

以民族的情意，打造文学的星辰

——"中国少数民族文学之星"丛书总序

邱华栋　彭学明

"中国少数民族文学之星"丛书是中国作家协会少数民族文学发展工程的一个新项目，于2018年开始实施，由中国作家协会创作联络部具体组织落实。出版"中国少数民族文学之星"丛书的目的，是重点培养少数民族文学中青年作家，打造少数民族文学精品，为那些已经在少数民族文学界和全国文学界成绩斐然、广有影响的少数民族中青年作家再助一力，再送一程，从而把少数民族文学最优秀的中青年作家集结在一起，以最整齐的队伍、最有力的步伐、最亮丽的身影，走向文学的新高地，迈向文学的高峰，让少数民族文学的星空星光灿烂，少数民族文学的长河奔流不息。以文学的初心，繁荣民族的事业；以民族的情意，打造文学的星辰。

入选"中国少数民族文学之星"丛书的作家，必须是年龄在50岁以下的、在少数民族文学界和全国文学界广有影响的少数民族作家。不管是否出版过文学书籍，只要其作品经过本人申请申报、各团体会员单位推荐报送、专家评审论证和中国作协书记处审批而入选的，中国作协将在出版前为其召开改稿会，请专家为其作品望闻问切，以修改作品存在的不足，减少作品出版后无法弥补的遗憾。待其作品修改好后，由中国作协统一安排出版，并进行广泛的宣传推广。

中国是一个多民族的大家庭。每一个民族都沐浴着党的民族政策的光辉、感受着党的民族政策的温暖，都在党的民族政策关怀下，蓬勃发展，欣欣向荣。在这个伟大的新时代，我们正创造着中华民族的新辉煌。每一个民族的发展与巨变，每一个民族的气象与品质，都给我们提供了生生不息的创作源泉。我们每一个民族作家，都应该以一种民族自豪感，去拥抱我们的民族；以一种民族责任感，为我们的民族奉献。用崇高的文学理想，去书写民族的幸福与荣光、讴歌民族的伟大与高尚；以文学的民族情怀，去观照民族的人心与人生、传递民族的精神与力量。

我们期待每一位少数民族作家，都能够到火热的生活中去，到广大的人民中去，立心，扎根，有为，为初心千回百转，为文学千锤百炼，写出拿得出、立得住、走得远、留得下的文学精品。不负时代。不负民族。不负使命。

2019 年 5 月 18 日

目 录

今年花胜去年红

——《七角羊》序

包明德

2019年3月15日，"中国少数民族文学之星"丛书评审会在北京召开。不久，在4月22日又召开了这部丛书的改稿会。郁达夫曾说，北京春天最值得记忆的痕迹，是城厢内外的那一层新绿，洪水似的新绿。我相继参加了丛书的评审会和改稿会，突出的感受是今年花胜去年红。阅读民族之星作品所激起的感奋与欣喜，是2019年春天之深刻美好的记忆。

入选丛书的小说集《七角羊》，共收入《神的水槽》《热恋中的巴岱》《背石头的女人》《草地女人》和《七角羊》等14篇作品。作者娜仁高娃以诗情画意的笔触，通过精巧构思、叙事与描写，刻画了诺明嘎尔玛、艾琳戈、阿云达日玛、巴岱和吉格迷德等众多生动鲜活的人物形象。这些形象映现了草原特定人群的本真、朴实、勤劳、善良与温情。同时，通过他们呈现出奇异的风景、风俗、情境、意象，具有很强的可读性。

文学的生命力、影响力是恒久的，是图像、网络永远不能替代的。因为，文学的突出特征主要表现在语言、细节以及心理描写的精彩上面。娜仁高娃这部作品集的文学主体性或审美自律性，正是体现于这些方面。例如，"雨仿佛懂得沙窝子地的焦渴，把水豆儿直直地往沙丘上砸，砸出无数个小眼来"。"他的黑大氅，……像是一只羽翼乱了的大鸟在草丛间摇摆"。"三人的头发湿湿地贴着脑勺，露出三双大大的耳朵来"（《草地女人》）。再如《热恋中的巴岱》，他第一次和女人亲吻，"没想到女人的嘴远远比看着时柔润，柔润得仿佛不是两片儿粉扑扑的肉，而是两片儿滚烫的、乱颤的、黏稠的豆腐脑"。在《背石头的女人》中，作品从石头的视角显现男女的差异，细腻而生动："女人后背生汗了，没生成水珠，只在衬衫上洇出一圈水印来。"等等。

鄂尔多斯有诗乡歌海的美誉，《蒙古源流》的作者萨冈彻辰就是鄂尔多斯人。从古代赞词、祝词到现当代文学，都有广泛的传承，对青年作家有深刻的影响。娜仁高娃出生于鄂尔多斯库布其沙漠的腹地。从童年时代起，她通过听民间故事、家族故事和过往传说，通过自己的体验观察，积累起丰厚的素材，激发了创作的才情。她对素材的过滤、提炼与选择颇为精当，情节结构的设计与人物塑造上也独具匠心。她蒙汉兼通，善于从传统，从民间，从现实生活学习和积累语言，在创作中锤炼打磨，精巧运用。这对于提升她创作的文学品位显现了卓越的功效。

作者创作要精益求精，精雕细刻，读者欣赏要细读作品，精读作品。但是，这和"新批评派"关于精读细读的指涉是有差异的。语言是作者与读者、与社会、与人生沟通交流的中介。精雕细刻，精读细读，不是窒抑沉缅，而且必须是跳出文本，走向诗意的远方，与时代、与人生、与心灵对话。

"我多想痛哭一场，然而我觉得这颗心，比沙漠还要干燥。"这段话是安德烈·纪德在他的作品《田园交响曲》篇末所说的。这是很有反思精神与警策意味的金玉良言。娜仁高娃的悟性很强，善于学习，勤于探索，勇于求新。她把 4 月 22 日丛书改稿会上专家的指导意见全部录了音，返乡后进行认真地学习与领悟。她意识到自己老是在重复一个内容，就是沙窝子地的故事。她还深有感触地说"我试着直面当下地写一些，可总是找不到切入口。想超越自己，好难"。娜仁高娃把问题说到点上啦。文学的民族性不是凝固的抽象物，不是静态的符号，也不是孤芳自赏的藩篱，而是继续前行的依托与起点。民族审美内涵的创新性、丰富性与深刻性，离不开日新月异的社会生活，离不开外界信息与语义的碰撞和影响。我国有杰出成就的各民族作家有一个共同的经验，就是必须扩展文学视野，只有放开眼界审视民族生活与本土文化，才能开辟出更加广阔的文学天地。只有超越自己，才能提升自己。作为一位优秀作家，只有把自己的积累、对往昔的回忆与对现实的关注思考结合起来，把民族性本土性书写与家国情怀乃至人类意识结合起来，才能放飞审美想象，使之在学习、互鉴和启迪中升华，从而使自己的创作实现创新，并不断向着经典化的方向拓展。

2019 年 6 月 26 日于北京龙泽苑

醉 阳

一

　　草玉荬地上，一红，一黑。红的是米都格老人的头巾，黑的是东茹布老人。他俩是一对老夫妇，生活在库布其沙漠腹地。那里，春夏季不见一场雨，哪怕一场小小的雨都难得有。湛蓝天空下，尽是羞涩涩地弓着脊背的草茎。然而，到了秋季，总会有那么十多天的阴云密布，秋雨萧瑟。那些从春到秋，没长够身子，没一日舒坦过的蒿草、沙竹儿、沙蓬等，就得借着这几日的恩赐，狂乱地长几截。尤其是，憋屈了整整一夏天的十亩草玉荬，逢了雨，简直就是嗖嗖地吹着口哨长身子。短短三五天工夫，它们就长得比人高了。

　　东茹布老人和米都格老人结婚有四十八年了，四十八年间，他俩没离开过沙窝子地，也没想过要离开。他们觉着，归根结底，世界的本来模样就该是这样的，灰扑扑的，但又充满了安宁与恬静。

　　老夫妇俩种了十亩地草玉荬，这是他俩四十八年婚姻生活中的一件新鲜事。时光倒至三年前，十亩玉荬地还是长着青苙苙和甘草的斜坡。老夫妇俩是牧羊人，牧羊人是不晓得耕种的。三年前的春季里，沙窝子地刮了一场慵懒的沙尘暴，从春刮到秋，刮死了各种嫩草芽，刮活了一丘一丘的沙梁。到了冬天，老夫妇俩的羊死了多半儿，唯一的一头黑骡子也在饥饿难耐下啃噬了羊尸体后死掉了。老夫妇俩本来想把羊尸体和骡子尸体一同埋掉，可是，大地早已冻得铁硬，无法凿出口子来。羊和骡子的尸体便横竖地摞成堆。夜里，一群狐狸在尸堆上饕餮，也许对狐狸来讲，尸体太新鲜了，或者惊喜来得太突然了，等吃饱了，临走时还喤喤地叫嚷一阵。在冬夜漆黑中，那喤喤声不像叫声，而是忽近忽远的狂笑。

老夫妇俩坐到炉前，听着忽近忽远的狂笑，一言不发。

开春后，老夫妇俩决定种草玉茭，他们再也不忍心看到羊群饿死了。宁叫牲口撑死，胀死，也不能叫饿死。六道轮回里讲，羊是要被杀死才会投胎。饿死了，就等于一个个魂灵四处飘荡了，那是何等的凄凉。

老夫妇俩一锹一锹地踩着开了十亩地，又一锹一锹地埋了种子。没出乎老夫妇预料，沙窝子地里，春夏两季滴雨未降。那些刚吐嫩叶的草玉茭在酷阳肆虐下，恭恭敬敬地贴着地面，一派的逆来顺受。正当老夫妇俩觉着冬天里又要饿死牲口时，却意外地下了一场雨，气节刚好是大暑扫尾时。几乎是在一夜之间，先前只有脚踝骨高的草玉茭，雨过后，抖擞抖擞地长到腰高。先前指头宽的叶片，也成了巴掌宽。

那年冬天，老夫妇俩的羊没有饿死，而且几只母羊下了孪生胎。这让老夫妇俩眉头舒展，东茹布老人眉头更是大大地舒展了。

东茹布老人没啥特别，脸黑黑的、方方的、瘦瘦的，多年的沙窝地牧羊人生活早已将他锤炼成一个缄默而安静的老人。他没有坏脾气，也没有多余的心思，除了爱喝点酒外，他没有任何的特殊嗜好。每天夜里，临睡前他得呷几口酒，每天早晨亦如此。他喝酒从不用酒盅，他喜欢用塑料吸管儿吸着喝。他往酒瓶盖儿钻个口，将吸管儿插进去，酒瓶藏到炕角不易察觉的地方。然后，躺下去，闭了灯，黑暗中将吸管儿含入嘴里，滋溜滋溜地吸。在米都格老人耳朵里，那滋溜滋溜声早已不是什么新鲜事儿了。她甚至可以从这种声音的快慢与高低，持久与短暂中判断出丈夫的心情。有时候她躺着，听着他贪婪地吸着，便会不由自主地嘟哝一句：又不是吃奶，嘴馋的——馋鬼。

对于跟自己睡了四十八年一盘炕的女人的话，东茹布老人从不反驳。他听着，舌头在口腔与吸管儿间来回捣。最后依依不舍地摩挲一番，将吸管儿掖回炕毡下。

到了早晨，东茹布老人睁眼后的第一件事便是从炕毡下抽出吸管儿。那酒度数高，五十八度。空腹呷三嘴，辣辣的、凉凉的，沁人心脾。随后东茹布老人也不急着起身，而是闭眼躺一会儿。在这短暂的静谧与慵懒中，一种奇幻的感觉令东茹布老人身心舒贴。他能觉察出酒液在他体内四下散去，带着一种隐隐的温度，像万千个细长细长的触角在体内安抚他。他感觉眼前的一切都变得温和起来，那些粗糙的碗碟、漆面斑驳的壁柜、黑身敞口的水瓮、窗外清亮的晨色，以及那个陪他度过了四十八年的老女人的脸上也滋生出几分温润。

刚开始的时候——很久以前的事了，超过了三十年——米都格老人厌烦丈夫喝酒，后来老了，见丈夫一辈子也就这点德行，于是也就顺着丈夫了。

对于东茹布老人来讲，他早已完全沉湎于这种奇幻、美妙，嘴上说不出来，但在心头荡漾不止的别样感觉。这种感觉是完完全全属于他的，是他独有的。如果不是发现了这个，在沙窝子，一切看起来是多么的平淡而无奇。那些终生逆来顺受的羊群，那些与生俱来都有超强抗旱能力的野柳，那些在沙碛地默然躺了千万年的石头，它们是多么的平淡而无奇。

东茹布老人的每个早晨就在这样的奇幻中开始。他眯眼向东方望去，天边沙峰，以及峰上的曈昽初日。一道道光芒扑面而来，撞到人脸上，柔柔的，暖暖的，带着辽阔的风。东茹布老人很早以前便知道，在风的那头还有许许多多如沙窝子地一样，安宁而恬静的地方。这个世界上美妙的事情是很多的，只是太缺少发现它们的眼睛了。

与东茹布老人相比，米都格老人却感觉不到辽阔的风。她只觉着，等初阳刚升到驼峰高，地面上就会升起一股股的热浪。那些在夜间开得昂首挺胸的花草，会在热浪下瞬间塌蔫，认罪似的低下头。

让羊群安然无恙地度过冬天、春天，让母羊多生羔子，让公羊多生肉、生绒，这是米都格老人的心愿，也是生活重心。一切得围着这个转。有了羔羊，羊群就会增多，就会有很多羊绒，有了羊绒就可以换来别的。比如，那一瓶瓶五十八度的酒。那一瓶瓶透明的液体，对于她的老伴儿来讲，是他一生不富裕生活中最大的乐趣。因此，家里是不能缺少酒的。对此，老夫妇俩很默契。

二

晨色褪尽前，东茹布老人已经坐到石墩上咻溜咻溜地磨起了镰刀。米都格老人在灶口铁锅里翻着白面饼，那饼足足有三指厚，饼皮儿焦黄焦黄的，那是米都格老人往锅底撇了两勺酥油。灶肚里火苗噗突突地舔着锅座儿。

"眼能瞧见不？当心划拉手的。"米都格老人眼睛盯着锅里，嘴上对着老伴说。

东茹布老人当然听到了老伴的话，但他不吱声。在过去的四十八年间，米都格老人每天都要说几句类似的话。比如，"想吃血肠不？我给你灌"，或者，"把那褂子套上，别着凉了"等。东茹布老人早已习惯了这些话，但他不厌烦，也不惊喜。他有时候觉得老伴儿就是自己的母亲，是他七十余年不惊不乍的岁月所培育出来的额吉。

磨着磨着，东茹布老人觉着早晨的那几口酒有点少了。因为不停地出汗，身体里储存的酒精已经随着汗粒儿被排挤出去了。他得再吸几嘴。不过，他又有些不好意思当着米都格老人的面。对于眼前这个女人，他又是尊敬又是感激，又是疼爱，又是不可缺少。她是他的母亲，是老伴儿，更是他极力抵制，从而完好地保留自己的人。他总觉得，面对她，他稍不留心就会不见了自己。家里的生活都是这个女人在安排。他除了挑水、和泥、拉粮、杀羊外，什么事都掺和不上。在这个家，他是无处不在的小螺丝，而她是那些看得见摸得着的大件儿。

总之，她叫他干什么他就干什么。唯独，喝酒这点上，他坚持自己的。她曾说：你要喝，就大口大口地喝啊，总要那么吸着，像个吃奶的孩子。他就笑了，他这一笑不是笑她的比喻，而是笑她不懂他心里的秘密——那种微醉后的微妙感。

微醉后的微妙幻觉，那是他的秘密，活了一世，难得保留一个秘密。

东茹布老人脑子里思谋着一个问题：怎样才能把那半瓶酒神不知鬼不觉地带到玉菱地上？

后来，东茹布老人终于找到机会了。当米都格老人压着菜刀切厚厚的面饼时，他匆匆地将半瓶酒塞进衣兜内。他的黑色外套不是很宽松，但是他那么瘦小，哪里都能藏个半瓶酒。往玉菱地走的时候，他走得极快，这倒不是不想和老伴一起慢慢地走，而是随着迈步，那半瓶酒发出咕咚咕咚的声响。他可不希望她能听到这种声响。

到了玉菱地，东茹布老人匆匆穿过玉菱地，从另一个方向往老伴儿来的方向割。见东茹布老人非要多走一截，米都格老人就大声地问他怎么不从这边割，东茹布老人便大声地回答说，这样背阳，不晃眼。

得趁着白露前把草玉茭收割存棚，不然，冷不丁遇个秋寒，玉茭叶儿冻了，风一吹，尽是哗啦啦地被卷走。那样的话，家里的七十多只羊就要挨饿了。

在开始割草玉茭前，东茹布老人蹲坐下，迅猛而贪婪地呷了满满的一嘴酒。然后，将酒瓶塞进不显眼的杂草堆里。他将酒闷在口腔里，一点一点地往下咽。他享受着酒液从舌上滑过时的清凉，以及清凉过后的辣劲儿。

待口腔里只留得一点点酒味儿时，东茹布老人低声哼起曲儿来。对于他来讲，割十亩地玉茭真不是什么苦活儿累营生。日子长着哩，连绵不断着哩，就和那沙丘一样，风从这边吹过来，它就往这边倒，风从那边吹过来，它便往那头倒。风停了，沙丘依然连绵着，还新吞了几块儿地。可是在米都格老人眼里，日子却是极其的短暂。好多时候，还没等她干活干得疲惫不堪了，天便黑下来了。所以，她习惯于在最短时间内，干完最多的活儿。

同样是割草，米都格老人那边的镰刀是噌噌地一阵挥动，而东茹布老人这边的镰刀是咔嚓咔嚓的，像是一头老牛在反刍。但是，东茹布老人的巴掌很大，抓一把就顶米都格老人的三把。

远远地，东茹布老人望见米都格老人头上的红头巾了。在米黄色的玉茭地上，那一抹红，像是一苗长脚的火，或者是一只红脸黄羊，慢慢地移动。东茹布老人想起自己在七八岁时，跟着父亲打猎时看到过的黄羊。他记得有一只黄羊长着红红的脸、红红的嘴唇、红红的斑点。他问父亲，为什么这么美丽的动物要被杀戮？他父亲说，杀掉它，它就可以转世了，就可以变成美丽的姑娘。从那之后，东茹布老人便在心下认定，世界上的女人都是红脸黄羊转世过来的。就连眼前的女人，她也是黄羊转世过来的。虽然，她已经很老了，他依然能从那张布满皱纹的脸上寻得她年轻时候的模样。

"豁了嘿（蒙古语，可怜的），跟着我老了。"东茹布老人不由得嘟哝道。

噌噌噌，镰刀富有节奏地吃着草茎。红头巾很近了，几乎挨着鼻尖了。东茹布老人深深吸口气，埋头憋气。他知道眼前这个女人的鼻子很灵，会闻到他口腔里的那股浓香的。是的，很浓很浓的酒香。在他眼里，酒是浓香的，而不是她说起的刺鼻味儿。红头巾从身边安静地过去了，东茹布老人舒口气，回头看看红头巾下那张酱色脸庞。多少年来，这张脸一直是这样均匀的酱色，不变黑，也不变白，好似永久地深藏着众多喜怒哀乐，而又无处可诉。也许，穷苦的日子，原本就是这种颜色的吧。

割了一垄，东茹布老人突然感觉口干舌燥，他从家里提过来的奶壶倒了半碗茶，喝了两口，觉得嘴里甜腻腻的。这下，他提高了速度，不过，速度上来了，质量就差了。刚才，镰刀在离地四寸位置哗啦下去，这会子却是八九寸了。可是东茹布老人已经无心去关心这些，他只有一个目的：要快。他的巴掌本来就很宽，先前是抓三把，这下能抓六把了。这会儿的动作几乎不是割，而是在砍。噼里啪啦的，一阵咔咔声。余光里，他看到红头巾了。这会儿红头巾高出玉菱梢头一截，在湛蓝天空下飘浮。他定睛一瞧，原来是自己的老伴正用一种奇怪的眼神盯着自己。

他不由得放慢速度，动作上也规范了些许。

"啊，你啊，就不能把那腰往下弯弯，留下这一截给谁呢？"没出东茹布老人所料，红头巾在叨叨。

东茹布老人不搭腔，他知道只要他不搭腔，她也就不叨叨了。他抬头向前看了看，只有十余步了，他加把劲儿，快速砍起来。他汗流浃背，口水直往嘴角淌，鼻涕也出来了，半空里摇摇晃晃地来回荡着。有几次，东茹布老人不得不停下来，哼哼地擤鼻涕，擦汗。

终于到了，扔掉镰刀，拨开杂草，找出瓶酒，滋溜滋溜地呷了几嘴，觉着不过瘾，咬去瓶盖，咕咚咕咚地咽了两口。随后，咯咯地打嗝，又灌了一口，浑身打战——这一系列动作之后，东茹布老人才深深舒口气，有些动情地盯着眼前的草玉茭地。米黄色玉茭地浸在一片望不尽的幽静里，阳光下，玉茭梢头间染着一层油，亮闪闪的，而脚下的土，又是暗红色的，散发着诱人的泥土香。东茹布老人暗自想，如果没有呷这几口酒，他是发现不了眼前这么多的颜色的。这酒啊，是多么神奇的粮食啊。

嚯突突地，一群花鹌鹑逃出玉茭地，惊起三五只乌鸦直直地往高处飞。东茹布老人顺着乌鸦看，没看到乌鸦有几只，却看到天空上飘来乌云。

都这会儿子了，还下什么雨？

东茹布老人嘟哝了几句，他看了看玉茭地，又看看天空的云，觉着就算整片云都下来了，也不会盖住玉茭地。于是他放心地、懒懒地抄起镰刀，慢腾腾地挥动着。咔嚓咔嚓，一头老牛在反刍。咔嚓咔嚓，日子长着哩，急不得。

到了另一端，东茹布老人站着，有些暗淡地望着对岸，这是一段不远但也不近的距离。红头巾已经从那边往这边移动，偶尔立着歇腰。他看不清她那张酱色的脸，但能看到她魂灵中的结实。这个结实的女人，在跟着他过了无数个穷日子后，居然没有把一双结实的臂膀累垮、一颗结实的心操碎了，而硬是把魂灵塑得结实了。

东茹布老人咬咬牙，一鼓作气，甩开臂膀干起来。他必须给自己鼓劲儿，因为他突然觉得脑子里晕晕乎乎，脚底虚虚实实。他看到玉茭秆沁出油来，黄澄澄的。先前好看的、不扎眼的米色玉茭地，变成烧焦般的橘红。他奇怪怎么会有如此糟糕的颜色？他觉着脑子里发蒙。这种感觉与他惯有的、那种微妙的感觉完全不同。那种感觉会令他舒坦，而此刻他却头晕脑涨，胸口发痛恶心。

"刀不快了，你给磨磨。"

红头巾走到跟前。

"你先歇歇，我这就给你磨。"米都格老人走过去了，迎风吹曲子，许久后大声地说，"怕是要下雨了。"

这次，拿起酒瓶后，东茹布老人没有急着大口大口地咽，而是小心地呷了一点点。也很奇妙，只是一点点，东茹布老人便觉着好受多了。头不晕了，脚底也稳妥了。他看了看酒，不多了，顶多剩三两。他蹲下身，避开老伴的视线，足足地呷了一口。然后他慢腾腾地往老伴那边走去。

米都格老人坐在刚割下的草玉茭上，手掰开面饼，一边嚼着，一边说："看你鼻涕哈喇的，给，擦擦。"

东茹布老人接过妻子的手帕，擦了一圈脖子，翻过去擦了鼻子和嘴巴，然后还回。米都格老人接去看也不看地往衣兜里塞，嘴上说："明年得种十五亩。"

"十亩就够啦，咱是越活越老，越老越省饭。"东茹布说道，他用手肘儿往镰刀刀刃上轻轻地刮。

"省下几个钱，给你买几瓶好酒。喝了一辈子的酒，没喝过几瓶好的。"

东茹布老人万万没想到，眼前这个满脸粗粗拉拉的女人会讲出这样的话来。他心尖上一拧，觉着一股热流就涌到眼角上了，但是他却皱起了眉头，认真地瞧着镰刀。其实他没看到刀刃，也没看到刀刃上的寒光，他只看到了眼球上蒙了一层亮晶晶的水花。他硬是把水花吞了回去。

过正午时，老两口总算把活儿赶了三分之一。再赶个一天半天，就能完事了。可是，天气骤变，阴云密布，起了阵阵凉风。

米都格老人得去把羊从河槽地往回赶，玛楠河河槽全是石头，不吃水，偶尔下场雨都会发洪。

"嚯咦，你是怎么了？懒一阵勤一阵的，你看看你割的，一会儿镰刀贴着地面扫，一会儿又是留出一拃高，怎么拾掇镰刀会是那样子的？"

"汗水儿眯住了眼，我是睁只眼闭只眼地干啊。"

米都格老人听了扑哧一笑，她知道他在糊弄她。

"这天要下雨了，无论如何咱是躲不开这催命雨了，你扎捆着，我把羊儿赶回来。"米都格老人边说边往河槽地方向走。

东茹布老人目送着老伴，他只往那红头巾上盯着。他不知道红头巾是从什么时候开始缠到老伴头上的。他不关心这个。这么多年了，他对老伴身上的任何一种变化都保持着死水一般的静。比起生活本身的变化，一个女人身上的微小变化简直是太不足挂齿了。去关心女人的头巾，远没有留意镰刀、磨石、面饼、酒来得有趣。不过此刻，东茹布老人丢下镰刀，穿过玉茭地，从草丛里找出那瓶酒，喝了一小口之后，仍然痴痴地远眺着越来越模糊的红头巾。

东茹布老人把瓶底的三两酒喝下去，用脚尖刨了个坑埋掉酒瓶。

突然，东茹布老人欢快地哼起歌来，激昂亢奋，异常澎湃，好似用歌声驱逐天空上越来越阴沉的乌云。他搂起一把割下的草玉茭，走几步摞到另一把上，再搂回几把，然后蹲在那里扎捆。他早已熟练这种活儿，手脚不慌不忙的。捆了几捆，扛到高处，头对头地立起。当他空着手往坡下走的时候，又大声地哼起歌来。忽然，他眼前闪过一道亮亮的白光，紧接着是几道黑光，不等他缓过神来，地面摇晃着向他的脸撞过来。

三

米都格老人从老远距离便望见了草垛旁的一团黑。起先，她以为自家那个老东西在那里躺着歇息，可是过了很久还是一动不动的，她就慌了，丢下羊群往这边跑。雨已经下过了，沙子地坚硬了许多，草梢头挂着水珠，每跑一步，裤腿处都要甩出一股子的水。

当剩下半里地时，米都格老人喊起来："嗨！嚯咦！老东西！东茹布！"

空旷的原野地出奇地寂静。雨后的太阳明晃晃的，从云缝儿里射下长长的灰色光柱。喊了几回，喊不出声了，喉头上剧烈地疼，好似什么掐住了喉头。米都格老人哭起来，这一哭，喉咙处豁然顺畅了，她边哭边喊："嚯咦！老东西！东茹布！"

原野地从未这样辽阔而寂静过，哪怕一丝的风都没有。很近了，只有十余步，米都格老人终于看清了东茹布老人的半张脸，另外半张杵进草堆里。她用红头巾缠紧昏迷中的他的脑袋，又用头巾一角擦去了他嘴角吐出的白沫。

"东茹布！东茹布！你这是咋了？你说话啊。"米都格老人晃着东茹布老人，也许晃得过于猛烈了，东茹布老人的眼睛睁开了，但那眼神很远很远的。

米都格老人本想细瞧瞧东茹布老人的眼，可是视线老被泪水填堵，趁她擦泪的当儿，东茹布老人的眼皮就松松垮垮地往下垂，只留出小缝儿。雨下了多久，他就在雨里躺了多久。他身上湿漉漉的，身下的草却干巴巴，隐隐地散发出尘土香来。

米都格老人斜斜地抱起东茹布老人，走了十余步，他的鞋跟与草屑子搅到一起。米都格老人只好停下想别的办法。谢天谢地，红头巾够长的。米都格老人用红头巾将东茹布老人拦腰套住，扛到后腰上。这么一来，她弓着背，眼睛只盯着地面。她是顺着草的模样回到家里的。幸亏，她认得她家四周每一根草。

到了家，米都格老人将东茹布老人脱个精光，塞进羊皮被子里。东茹布老人呼噜呼噜地睡，或是喘气，眼睛微闭着，偶尔张张嘴。

米都格老人站到屋前的土墩上，向四下望去。她从未觉得原野地是如此的空旷，那些紫红色的沙峰似乎就是天边。远处的羊群像是几粒米撒在那里，而那些野生的槐树像是惧怕什么似的远远地立着。米都格老人不由得抽泣起来，但立刻又停止，到仓房找来一包药末来。她想不起这些药末是干啥用的，只是能闻见药香。米都格老人熬了一小锅水，然后将药冲好喂到东茹布老人嘴里。

一眨眼工夫，天就黑下来了。她挤回羊奶来，往东茹布老人嘴里一勺一勺地喂，刚喂了三五勺，东茹布老人的喉咙里咕咚一声，喂进去的羊奶全都顺着嘴角往外淌。米都格老人见状不由得咻咻地落下泪来。

也许是捂在羊皮被里捂暖了，血液畅通了，或是药末起作用了，总之，半夜时分东茹布老人居然睁开眼，虚虚地说："水，水。"

在灯下愣神地坐着的米都格老人，猛地听到这句，先是呆呆地看着，又瞬间扑在灶台上，把碗底儿的药喂进老伴儿嘴里。

东茹布老人咂吧咂吧嘴，说："渴，渴，再来点。"

米都格老人这才发现自己原来把药当成水给喂了，忙端来半碗开水，不等她吹吹烫，东茹布老人就晃着脑袋往碗口噘嘴。

"你这个老不死的，吓得我。"米都格老人一边给东茹布老人喂着水，一边嘴上叨叨着，眼睛里又是一阵稀里哗啦的。东茹布老人睁大眼，痴痴地看了一会儿后，嘿嘿地笑了，不过没笑出声来，只是扯出几道歪歪的笑容。

"你，咋把我，脱个精光？"

原野地人很少光着身睡，东茹布老人在被窝里摸见自己光着，很难为情。

"不是在雨里泡成一坨牛粪，我会把你脱个精光？"

米都格老人搓搓因泪水泡了一次又一次而生疼的脸和眼皮。

"这么晚了啊？太阳落了？我咋就光看见个红头巾，红眼睛？"

"现在呢？还看见红头巾？"

"不，是那会儿。一只红脸黄羊走过来用嘴嗅着我，不停地嗅着。后来，我听到你喊我了，你过来扯我，扯得我身上酸疼，可是我就是没法子说出话来。"

第二天，东茹布老人便下地走路了。那神态，好似没发生过前一日的事。他仍是去割草玉荽，仍是避着米都格老人将酒藏在草丛间。

忙了三天，总算把活儿赶完了，老夫妇俩闲下来了。没几天，沙窝子地的各种草，也都开始掉籽儿的掉籽，掉叶子的掉叶子，悄然进行着植物界从生到死的短暂旅程。羊儿们的肚子比春夏两季圆了一圈，走路都是喘着粗气。长足了膘的公羊更是神气活现的，屙下的粪蛋也是黑亮黑亮的。

这一日，米都格老人给东茹布老人舀了碗稠稠的酸奶，搁了半勺白糖。东茹布老人几大口吃完，递过碗，示意还来一碗。米都格老人便问："还搁糖不？"

东茹布老人却反问道："刚才搁了？"

"都半勺了，你没尝出来？"

东茹布老人怔了怔，说："我说嘛，有点甜。"

又过几日后，米都格老人炖了一锅汤，忘了放盐，却把花椒粉多搁了一勺。她吃在嘴里很是难咽下去，东茹布老人却呼啦呼啦地吃得满头大汗。

"来，搁点盐，我忘了放盐了。"

"不了不了，好吃得很呢，瞧着就好吃。"

东茹布老人的这句话很随意，在米都格老人耳朵里却有了另外的腔。没几日，她把没有放盐的茶水倒给东茹布老人，东茹布老人却一碗又一碗地喝个干净。

这下米都格老人确定了，眼前的这个老头子已经没有了嗅觉、味觉。他口腔里的那个黑乎乎的舌头是死的，还有那窄长的鼻子也是死的。

豁了嘿哒，老东西！米都格老人心下很悲伤。她觉着这一切都是因为他喝酒造成的。如果不是酒，他的舌头鼻子怎么会失去了知觉？而在东茹布老人那里，他自己完全不知道这点。每天临睡前，他仍然是要吸几口酒，早晨醒来后也是美滋滋地吸几口。

悄悄地往酒瓶里灌开水的主意是米都格老人在一天夜里躺下去后，听着一旁滋溜滋溜的声响时突然想到的。是的，祸根就是酒。如果不是酒，身边这个黑瘦黑瘦的老头子会莫名其妙地昏倒？这次多亏了神的保佑，才能缓过来了。不行，得想个法子，得制止酒。米都格老人苦思着，她知道他离不开酒，如果硬要他戒酒，他准会发疯。想着想着，眼前突然一亮，米都格老人想起东茹布老人死掉的舌头。对啊，他不是嗅不出气味了吗？不是尝不出甜酸了吗？

趁着东茹布老人不在屋里，米都格老人倒掉了插着吸管的半瓶酒，灌进凉开水。

夜里，米都格老人早早便躺下去了。她有些担忧，又有些难过。当她听到黑暗中的一连串滋溜滋溜声时，她又是喜又是悲，但又怕叫东茹布老人发现，只好起身到屋外。

冬天的夜晚，极寒极寒的。米都格老人走到羊圈里，毫无目的地左看看右看看。

接下来的好多天里，东茹布老人都没有起丝毫的疑心。他依然每天呷几口"酒"，沉湎于他那独有的美妙"幻觉"，心满意足。

四

可是，第二年开春后，米都格老人担心的事还是发生了。东茹布老人不但不会走路了，就连说话也不利索了。每次想说话，张开嘴，嘴角便抽搐，他得等着那抽搐停止后才能吐出一句半句来。他的右胳膊、右腿无法动弹，右手手腕往内钩回去，像是要从腹腔内刨挖什么。米都格老人请来老蒙医给东茹布老人治病，老蒙医扎了几回针，熬了几锅子药，又用土法子将东茹布老人赤身塞到刚杀的马腹腔内，但都无济于事。

"我恐怕是要死了。"东茹布老人说道。

"要死，你也得等到卖了羊绒买几瓶好酒后再死。"米都格老人宽心地说。当米都格老人这样说时她脸上丝毫没有担忧与焦虑的神色，但她的心在胸腔里拧成一疙瘩。

好不容易到了六月份，羊毛剪完了，卖掉羊绒后，米都格老人从旗里买来三瓶金骆驼。喝了一辈子酒的东茹布老人从未喝过这么贵的酒，一瓶顶一只羊。

他疼惜这么贵的酒，一天只呷六口。

"你就甭心疼那酒了。"米都格老人往酒瓶盖儿钉钉子，铁锤落下去，在瓶盖上扎下圆圆的一个小口。她将钉子抽回来，插进长长的塑料管，然后把另一头塞进东茹布老人手里。看他小心地呷了一小口，她又说了一句："大大地呷一口，酒多着呢。"

如果是在几个月前，无论如何米都格老人都不会买这么贵的酒。她不但不会买，还会倒掉，然后灌进开水。她是真的害怕了，害怕某一天在沙窝子地就剩她一个人。她怕孤寂，比死亡还要怕。她要他好好地活着，一同老去，老到动弹不得，像一对儿牙齿磨平、目光浑浊的老羊。她想，若要走，两人一起走。没有他的日子，还算日子吗？可是，他还是这般地固执。就在一个很晴朗的早晨，他躺在炕头，眼珠儿翻白，浑身抽搐，不等她扶起来，他便偏瘫了。

最近以来，米都格老人还觉察出，东茹布老人身骨缩小了。很明显，当她忙碌着给他擦身换衣服时，看出他比原先瘦了一大圈。

看着东茹布老人一日比一日地憔悴，米都格老人的泪便吧嗒吧嗒地止不住。

"不哭啊，不哭。"东茹布老人说着想要笑，半张脸却抽搐成像是被什么狠狠地抓了几下。

"你个，老不死的，明明是在喝水，怎么就落成这般模样？"她嘟哝道。

她的话他没听明白，左手抓过吸管放进嘴里，吱吱地呷了一点点，说："这是好酒啊。"

"好酒？那你就多喝几口。"

"咦，不能，不能贪，一瓶抵一只羊呢。"

"你就放心地喝吧，咱家的羊下了好多羔子。"

一日正午，给东茹布老人拔火罐子时，他突然说道："你把那红头巾戴上。"

"红头巾？"

"嗯，红头巾。"

米都格老人找来那条已经磨出小眼的红头巾，在东茹布老人眼前晃了晃，问道："它吗？"

东茹布老人点点头，脸上一阵凌乱的抽搐后，吐出半句："红脸黄羊——"

米都格老人戴上了，她心下已经猜出眼前这位就要永远丢下她了。他是要她举行最后的仪式，一旦仪式结束了，一切就成永恒了。她强忍着泪，强忍着一把扑过去抱住眼前这个又瘦又黑的老头子，这个陪了她半个世纪，却从未与她红过脸、吵过架的男人。她将红头巾两角用劲地挽成大疙瘩。

"是这个样子？"米都格老人笑着问。

东茹布老人久久地盯着，灰色的眼眶内闪着一对儿灰色的眼珠，最后说："外面的天气一定很暖和。"

"来，我抱你到屋外。"

夏日正午，骄阳当头。这一年夏天，沙窝子地破天荒地下了三场雨，万物早已是绿油油的一片。

"今年，你就不要割了。"东茹布老人突然说道。

"不割了，不割了。"米都格老人说着，眼睛往东方向远远的一片黑绿看，今年的草玉菱长势真不错。

"再也不用种了。"

"不种了。"米都格老人说着，将插着吸管的酒瓶往东茹布老人怀里放好，继续说，"这是第三瓶，咱还有三瓶。"

"来。"东茹布老人将吸管对着米都格老人。

"我？"

"嗯，你来一口。"

米都格老人笑了，接过吸管，轻轻地滋溜一下，喉咙里立刻被呛得辣辣的。她皱紧眉头，说："哟哟，好辣。"

东茹布老人见米都格老人这般模样，咯咯地笑着，像个婴儿一样眼睛里聚满了泪花。他没说话，但他多么渴望米都格老人能感觉到他那独享了一辈子的秘密——神秘的、富有神性的幻觉。是的，东茹布老人坚信，当自己微醉后看到的世界是神秘的、富有神性的。如果不是因为这些，他怎么会如此迷恋酒呢？他知道，当他微醉后，他看到了万物的贫瘠与丰腴，看到了大千世界的轮回与更替，看到了生活本身的真实与虚幻。它们是美妙的，是无可替代的，是每一个人所需要的。

夜里，东茹布老人安然地离去了。

在一个很温和的傍晚，米都格老人坐到门前。已经是伏末了。再有几天，她就得开始收割草玉荽了。但是她觉着已经不用买酒了，所以就不急着割了。但她又想起，羊群是需要草玉荽的。于是她思谋着，是趁白露前将草玉荽收回来，还是应该等到寒露前再收。

米都格老人心头糟乱糟乱的。

这时，公羊莫七走过来，从米都格老人脚跟前捡着土豆皮。米都格老人这才想起，自己要做晚饭吃。但她真不想动弹。这只公羊是东茹布老人最疼爱的公羊，早就到了该杀的年龄了，但东茹布老人已经不在了，现在谁来杀它呢？以此来完成它的轮回。

"来，莫七，我的孩子。"

莫七嚼着土豆皮，看了看主人的脸，咩咩唤了几下。

"来啊。"

莫七犹犹豫豫地走过来。米都格老人往酒盅里倒了满满的一盅金骆驼，让莫七闻，莫七闻了闻，噘起嘴唇。

"来，喝一口。"

米都格老人抓过莫七的脖子，还没等莫七明白过来，一盅酒已经被灌到它嘴里了。莫七急忙而慌乱地挣脱出主人的手，大声叫着，吧啦吧啦地舔舌头。米都格老人看着公羊莫七这般模样笑了。然而，正当米都格老人回屋时，莫七却走过去，往她身上闻。

米都格老人倒了第二盅，这次莫七没有等着主人给它灌，而是很主动地舔起来。舔了六盅后，莫七站在那里咕咕地打嗝。

"豁了嘿，我的孩子。太好了，我还寻思着，这瓶酒怎么办呢？它可是一瓶好酒啊。"

莫七安静地站了一会儿，然后，突然地冲着屋门撞过去。门玻璃哐啷地碎了。

"嚯咦，莫七，怎么了？醉了？"

接着，米都格老人听到一种近乎歌声一样的绵长的咩咩咩——

只见，公羊莫七叉开四蹄，睁圆双目，迎着风，吐出舌头，咩咩地发出冗长冗长的呼声。米都格老人突然想起，东茹布老人偶尔也会唱出这种歌声来。米都格老人坐下来，听下去。

公羊莫七，分明是醉了。

草地女人

檐口荡下的水珠儿，落到地上，顺着檐沟向东南流出一条细长的身子，那身子长出软软的臂膀，搂几丛竹茇草后，穿过青草地，与莫丽根溪水汇合了。但它们不会在那里停留，在那儿它们又长出长长的腿脚，伸进依拉白河，借着依拉白河的翻滚，搅着烂泥，从柳林间一路左拧右拐，扑向几十里地之外的黄河。

最后，它们还要借着黄河的身子，涌入大海。

——几滴水，也能比我走得远。

诺明噶尔玛想到，她站在屋前，有些慵懒地望着那片灰蒙蒙的、几乎是日夜囚禁了她四十多年的原野地。

夕阳也被雨水灌得变成一个橘黄色的水球。刚才下过的一场暴雨往草梢头挂上了水珠，这些水珠——它们也被原野地囚禁了。诺明噶尔玛走过去，冲着狼毒草踢了几脚，水珠受了惊吓似的跳上跳下。她的三个孩子过来，学着她踢狼毒草，水珠跳得更高了，三个孩子嗷嗷尖叫着脱去鞋踩进暴雨生出的水里。

好稀罕的雨——这场雨可是从头一年夏天盼到第二年夏天的。

诺明噶尔玛却绷着脸，满脸的愁苦样。干旱了几个月的野地上，除了黑绿黑绿的狼毒草外，不见几样像样的草。狼毒草又不能叫牛羊吃，这草有毒，雨水越是少了，它越是繁茂。

再踢几脚，把火气发到草上——草又不会冲她瞪眼。

她的丈夫也不会冲她瞪眼——其实，他都不怎么看她了，不但不好好看她几眼，张嘴还称她为"牛"。

东边草甸子上的羊群在叫，它们要女主人快快地把围栏的门敞开了——它们要到草滩地，那里的草刚浸过雨水，褪去了尘土。它们知道那草有嚼头。

诺明噶尔玛拧衣角拧袖口，拧得衣裳皱巴巴的。

"额吉，额吉——彩虹，彩虹——"最小的孩子指着东草滩。

"嘘，听，依拉白河发洪水了。"

三个孩子站在水里，屏声息气地听着。三人的头发湿湿地贴着脑勺，露出三双大大的耳朵来。他们和父亲吉格迷德一样都有双大大的耳朵。

诺明噶尔玛不听，她早听到洪水巨大的楚楚声响了——走吧走吧，都走吧，把水都带去，把干旱留给沙窝子地吧。

午后这场雨来得急，云头还没挨近南沙梁，雨便来了。

诺明噶尔玛披上大氅向着南梁走，边走边回头冲着屋子喊："我去把羔羊拢回来，你把羊群赶入围栏。"

吉格迷德披上大氅朝东小跑着去。他的黑大氅，旧了，皮皮片片的，从他背后望去，像是一只羽翼乱了的大鸟在草丛间摇摆。

就这么个落魄样的男人——在别人眼里倒也成了稀罕物了——诺明噶尔玛咬咬牙，有股子气在心头火辣辣地聚拢着。

到了南沙梁，诺明噶尔玛突然觉得她不该叫丈夫往东去。她眯着眼瞅，雨帘连天地，什么都望不见。雨仿佛懂得沙窝子地的焦渴，把水豆儿直直地往沙丘上砸，砸出无数个小眼来。

沙沟地积了水，羔羊群在水里站着叫。剪去毛的冬羔子身上红红的，却比往常圆鼓了，像是变大的水鼠。春羔子身上的毛厚厚的，挂出水帘子，畏畏缩缩地不敢挪脚了。有几只卧在水里，耷拉着脑袋打哆嗦。

"伊瑞瑞——"

诺明噶尔玛唤羔羊群，羔羊群发出清脆脆的叫声。冷风旋起，把雨水斜斜地泼到羔羊身上。每泼一回，就把羔羊的叫声兜高几丈——遍地都是羔羊叫。卧在水里的羔羊死了两只，诺明噶尔玛把尸体放到土疙瘩上。

"伊瑞瑞——"

诺明噶尔玛从水中捞起一只边跑边唤，这下羔羊群突然想起自己还长着腿似的，追着她跑起来。

雨，泼着冷，泼着野。

诺明噶尔玛熟知雨的脾性，平心而论，她喜欢雨的这股狂劲儿。沙窝子地需要。对于十年九旱的沙窝子地来讲，毫无保留的撞击，才能唤醒土壤下的种子。

诺明噶尔玛朝东望去，什么都看不清，云层好似降到屋顶那般高了。挨着地面一片水，泛白光。

诺明噶尔玛对着怀里的羔子哈几口热气，羔子把嘴张开叫，却没叫出声来。过沙梁时，又有几只春羔卧下了。

渐渐地，四周蒙上米色光晕，雨丝柔柔地摇摆起身子，好似为自己刚才的狂妄表示歉意。

诺明噶尔玛跌跌撞撞地走着，几个时辰之前还是硬撅撅的沙碛地，这当儿变得松软，鞋子早已是一坨泥了。到处是小水流，像是巨大的水做的树横下来，枝丫遮住了大地。

许久许久后雨停了，太阳出来了，弥漫的水雾也淡去了。

诺明噶尔玛回到家烧了炉子，给那几只还有一口气的羔子灌了酥油，放到炉旁。

"额吉，它们会死吗？"三个孩子围着炉旁问道。

"不会。"

诺明噶尔玛向东走去，她得把羊群赶到草滩地。

"听到了，听到了——要不去看看——"

"不行——洪水有什么好看的。"诺明噶尔玛回头喊，一听她的喊声，三个孩子立刻安静了，蹲在水里刨着坑玩。

诺明噶尔玛跨大了步，她已猜出丈夫吉格迷德去了哪里了。她觉得他也该化成水，被沙梁子囚在中间，慢慢地生出水草，生出小虫——那样就不会叫她心头生出火辣辣的气了。

云朵变魔术似的从乌黑变成白灿灿的了，鸟儿飞到高空打旋。天空的颜色变得透明了，地上的石头也变得透明，像是被赋予了新的生命，随时都能滚动起来。

诺明噶尔玛把羊群赶到草滩子，又在那里站了站。她想，也许吉格迷德从南边某个沙丘后面走过来。

河滩地长满水芯草，羊群踩着水啃着草。除了这一下那一下的草蛙儿的叫声外，草滩地静悄悄的。诺明噶尔玛动也不动地站着，她想，吉格迷德的脚步声或许从某个方向哧溜哧溜地传过来。

没等来吉格迷德哧溜哧溜的脚步声，自己却哧溜哧溜地迈起了步——吉格迷德一定是去了那里了——诺明噶尔玛觉得胸膛里火辣辣地疼。

围栏上黑乎乎的一团，那是吉格迷德的黑大氅——他是嫌大氅破旧了。他可以脱去一件旧大氅，却脱不去沙窝子地的日子。如果能，他早就脱了。

诺明噶尔玛本该换掉湿衣裳，但她没觉出凉。

焦糖色的大太阳，也不知为何，诺明噶尔玛觉得太阳突然间变红了，变薄了，那个水做的太阳不见了。诺明噶尔玛感到一丝不安，她莫名其妙地加快了步伐。潮乎乎的泥土香扑面而来，她深深呼口气，像是要把整个滩地的清爽都吸进胸腔里。

这样的清爽她不陌生。好多年前，她站在海边时，扑面而来的就是这样的清爽。那时她二十三岁，是从高中毕业回到沙窝子地的第四年。她参加了两次高考，都以五分之差落榜了。为此她伤心了很久。那次她站在海边上时，吉格迷德在宾馆的床上熟睡着。那时她就觉得吉格迷德应该和她一起吸着海边的清爽，说些海浪勾出的甜蜜话来。然而，吉格迷德却在床上睡着，把眼睡出打了水针一样的肿胀。

滩地东边的沙包上，诺明噶尔玛瞅见了吉格迷德的足印，她追着足印走。沙子松软，一踩一个印，这点和海边的沙滩地一样。只是海边的足印会被海浪卷走，这里的足印却能保留很久很久。

走着走着诺明噶尔玛想，或许吉格迷德没去那里。

可是足印却一直在延伸。

"嫌我——像头牛？"

诺明噶尔玛嘟哝着折断蒿草含到口腔里，乱嚼一气吐掉。

"是头牛，就得吃草，就得有牲口的脾气。"

诺明噶尔玛又折了几根蒿草。

五年前，或者比那更早的一天，他俩在湖边浴羊。所谓的浴羊就是在碱湖边刨个坑引来湖水，把羊一只一只地丢进坑里。他看着她像个男人那样抓住羊蹄来回颠一下，甩出去——羊都来不及叫一声——抛入水坑里。

吉格迷德脸上亮亮的，那是汗水和洗过羊的污水溅到他脸上了，他看着诺明噶尔玛说："哎呀呀，你慢点，都溅到我脸上了，你看你多像头牛，哪来的那么大的劲儿？"

"闭嘴吧，太阳下去了有你好受的。"

诺明噶尔玛担心错过了正午的骄阳，错过了骄阳羊身上就干不了，干不了羊就会落下毛病。

其实，如今想来，错过就错过吧，错过的事情太多了，如果一一拎起来抖，能抖出一筐的懊悔来。

不过，在吉格迷德眼里，这些都不是什么奇特的事。他也到镇里读过书，读到初二就不想去了。回来几年后，便把诺明噶尔玛给娶回家了。他俩是一个地方的人，他见过她七八岁时的模样，那时她的腮帮红红的，眼睛大大的，像只绵羊。他也见过她没考上大学时的愁苦样。那时他还隐约担心诺明噶尔玛会疯掉。但他从未想过，诺明噶尔玛有一天会变成一头牛一样的女人。

前面是一道向阳坡，过了坡便能望见那个地方了——诺明噶尔玛停住，她犹豫着——或许下一秒吉格迷德从南边的树下，抑或从北边的蒿草窝走来。

然而，过了许久，也不见吉格迷德的影子。除了足印，这片原野地仿佛收留不住吉格迷德的一切。诺明噶尔玛想起很多年前，她与吉格迷德在这片草地上的辛勤劳作。那时，他俩用镰刀把整片的青草都收下来了。那时吉格迷德只埋头劳作，而如今呢？

"唾——"诺明噶尔玛唾去口腔里的苦水，沿着蒿草窝走出长长的弧线后上了坡——

终于望见了那间低矮的土屋了——在一片平地上蘑菇一样鼓着的土屋，屋后是连绵的沙丘，更远就是蓝蓝的天了。

诺明噶尔玛闭上眼也能看见土屋里的一切——小土炕、炕头的烫色被褥、绣花枕头，还有一个瘦瘦的女人。

"哟呼——"她大大地吸口气，凉透的空气沁入腹内，冷飕飕的。

把手伸过去，掀去屋顶，掀去被褥——掀去两个人——诺明噶尔玛被自己的想法骇得向四周匆匆地看看，好像有人已经听到了她心里的话。

土屋前有树，树下有牛圈，牛圈口拴着几头牛。

吉格迷德的足印向着牛圈处延伸，诺明噶尔玛一步一步地踩着足印走去。猛地，诺明噶尔玛放慢了脚步，她觉得自己应该立刻转身离去。也许吉格迷德在牛圈里，正埋头淋漓大汗地铡草。曾有几次，吉格迷德告诉她，他来这里是帮着那女人铡草。女人家没有男人。

一股淡淡的青草香——清香的草垛上——丈夫在草垛上——脱了衣裳——诺明噶尔玛不由得打了个寒噤。她被自己的乱乱的想法搞得头疼起来。她转身走了几步，身后传来牛叫声。

哞哞哞——饿极了的叫声，诺明噶尔玛知道只有饿了的牛才会发出这般冗长的叫声。

"牛也不伺候，羊也不伺候——"

从牛圈到土屋有条小径，积着水，水下是吉格迷德的足印。

牛朝着诺明噶尔玛又叫了几下，叫声仍是悠长悠长的，灌得她耳鼓里一阵嗡嗡响。

屋西墙吊着扁担，诺明噶尔玛拽下扁担，扁担上的铁链子咣咣响，好似在抗议诺明噶尔玛的鲁莽举动。屋门开了，吉格迷德摇摇晃晃地走出来，却用一种条理分明的果断动作把门带上了。

诺明噶尔玛抓牢扁担，走几步停住。

吉格迷德往诺明噶尔玛手里瞅着："呀呀，抽人呀？"他的语调是顽劣的，他左右摇摆着，好似腿脚都不是他的了。他醉酒了，眼睛里却亮亮的。诺明噶尔玛觉得吉格迷德在假装喝醉了。见诺明噶尔玛又挨近了几步，吉格迷德向后撤了撤，双手叉到腰上，低吼："噶尔玛——"然后便卡住了，好似喉咙里塞了块儿石头。

诺明噶尔玛发现吉格迷德身上的短褂是干的。

"哐啷——"

诺明噶尔玛掷过去扁担，扁担没打中吉格迷德。诺明噶尔玛本想抄起扁担，再来一次。可是，瞬间空白后她发现自己向着牛圈走去，走得很急，仿佛正在逃离一场劫难。

"你看你，还想抽自己的男人——"

诺明噶尔玛猛地转身，吉格迷德差点撞到她身上了。诺明噶尔玛刚要揪住吉格迷德的衣襟，他却一闪身躲到牛那边，露出他这个年龄人不该有的笑容。

"你还真是一头牛。"

吉格迷德双手扶住墙头，喔一声坐到墙头上了。还没等他坐稳，诺明噶尔玛取下木桩上的绳子，甩过去用力一拃，吉格迷德便摔下来了。诺明噶尔玛用膝盖摁住吉格迷德匆匆打了个结口，她的样子像是在捆一捆草。

"你个牛，快松手。"

诺明噶尔玛箍住绳子一段用力拖，像拖家里那头不爱套车的黑牛。

"丢人不？"吉格迷德半蹲着身向后撤，语调软了。

这样的语调在诺明噶尔玛心里太久违了。曾经，一个沙尘天气里，她给孩子喂奶，他坐在炕头用这样的语调问她："你饿不饿？给你熬个肉粥吧？"

她摇摇头反问道："你见过大海吗？"

他摇了摇头。

"我想去看——"

那时，吉格迷德脸上还没有那道伤疤。那道伤疤是怎么来的诺明噶尔玛不知道，她问时他没有告诉她。

"明年我带你去，你还想去哪里转转？"

"没有了。"

第二年秋末，吉格迷德就带着她去了海边。

从沙窝子地到大海，他俩走了四天，先是汽车、火车，最后是飞机。到海边时已经是第四天的傍晚了，俩人住在一家海滨宾馆。吉格迷德的一个初中同学在那个六层楼的宾馆当保安。

诺明噶尔玛永远记得，当她站在客房阳台上看到大海的瞬间感觉。她笑着，没有声响地笑着，好似见到了她逝去多年的姥姥。她在姥姥身边长大，老人给她讲的故事里总有大海。

"那只红头鸟飞了很久，到了大海上的一座小岛上。岛上有一株神树，树上的巢穴里藏着项链。一只三头鸟看护着项链，那是一个公主的项链——是用海里的珍珠做的。"

"有珍珠？"

"嗯，大海里的珍珠，大海里什么都有，所以大海才会那么深。"

听老人的故事时诺明噶尔玛还没想过要到海边看看。后来长到十五六岁跟着同学到街上录像厅看电影，电影里有海，海边有间小小的屋子，一个男人总在屋子里一边喝酒一边跟笼子里的鸟说话。从那之后，诺明噶尔玛便一直想去看海。

"海嘛，不就是水嘛？"吉格迷德坐在椅子上说道。他说的时候盯着她，嘴角浮着微笑。

阳台上铺了蓝色地砖，放着一把椅子。吉格迷德像是坐在自家的椅子上，懒懒地盯着海，丝毫的惊喜都没有。

清晨里，诺明噶尔玛独自到了海边。十月的天气，沙滩上几乎没有人。十多只小帆船在海上游，还有一轮大船在海线上若隐若现。诺明噶尔玛赤着脚来回走，捡了几十枚残破的贝壳。等她感到疲倦了回到客房时，吉格迷德依然懒懒地坐在阳台椅子上，看着她捡来的贝壳说："别给孩子玩啊，会吃掉的。"

那时，他的语调是温和的。

回来后，她生了第二个孩子。隔了几年又生了一个。

"松手，母牛。"

吉格迷德抬脚要踢她，没够着。诺明噶尔玛用力一拽，吉格迷德跌倒了。

下了坡，到了草滩地，吉格迷德将脚插进湿泥里，像根马桩一样立住。诺明噶尔玛拽了几下，拽不动。吉格迷德嘿嘿地笑出声来。

诺明噶尔玛攥住绳子一掼，吉格迷德像弹飞的瓶盖儿一样从湿泥里弹了出来。

天边，夕阳又变了色，红红的，时鼓时瘪的，一戳就会破的样子。诺明噶尔玛眨一下眼，夕阳恢复了原样。一滴泪顺着她的腮帮下去，她吐出舌头舔没了。

暮色间，草地上黑乎乎的，大大小小的水洼儿亮亮的。很远的地平线上，凸起一个小小的方块儿，那是他俩的小屋。

"呼哧——"吉格迷德斜身躺下，叉开腿跨住了一丛芨芨草。他的一只鞋子不知丢哪里了，他把另一只也踢去，冲着诺明噶尔玛晃脚尖。

诺明噶尔玛向后撤出一大步，又一步，吉格迷德像团沙蓬草一样打了个滚，他身上的单衣被卷起，露出一截肚皮。

"哟哟——"吉格迷德的叫声里夹着嘲笑。

诺明噶尔玛咬咬牙，向一旁的沙丘挪步。沙丘上有鬼怕草，这草带刺儿。诺明噶尔玛几乎是一口气将吉格迷德拖到鬼怕草上。

"嗷嗷——"一阵噼啪的草木断裂声，吉格迷德在打滚。

诺明噶尔玛松了手，丢开绳子。

夕阳下去了，天边只留着一条窄窄的红线。

回到家，诺明噶尔玛炖了一锅干羊肉，切葱时她多抓了几把，吉格迷德好这味儿。炉旁的几只羔子已经缓过来了，有一只正在吮吸着最小孩子的指头。

诺明噶尔玛打开酒瓶倒了一杯喝了，接着又喝了一杯。她抬头看了看墙上的照片，灯光下照片里的海水依然是蓝蓝的。她和他站在阳台上，他的头发乱乱的。她发现那时他的个头比她高。也不知从何时起，她的个头超过了他。前几年俩人到镇里拍家族照，她惊奇地发现他居然没有她高了。

也就是那次，诺明噶尔玛见到了娶了她表姐的乌力吉张嘎。诺明噶尔玛十六岁时，乌力吉张嘎送过她一本厚厚的书，她把书拿回来翻，发现书里夹着一张纸条，用中文写的。她把纸条读了几遍，一把火烧掉了。这事诺明噶尔玛给吉格迷德讲，她说："他说我是一朵蓝妖姬。"

"蓝妖姬？很臭的草，羊都不吃。"

这话诺明噶尔玛不爱听，俩人吵起来了，吵着吵着诺明噶尔玛说了一句："你就没有他那么浪漫。"

诺明噶尔玛倒了第三杯，慢慢地咽下去。

"嘘——"最小的孩子突然喊道。

屋外，遥遥地传来歌声——走在沼泽地时，是一对儿灰鸥鸟；转过身走时，满脸的泪水不停止——

吉格迷德在唱歌。

"阿拜（父亲）又喝醉了——"

"是阿拜。"

"走——"

几个孩子冲出屋，诺明噶尔玛掀起锅盖，又抓了一把葱搁进去。

——石头河的水呀，石头上流，我那赶走马群的阿拜啊，什么时候回来——

屋门敞开着，歌声从幽暗中轻悠悠地飘过来。诺明噶尔玛打开橱柜，端来一摞碗堆到桌上。

吃饭时，诺明噶尔玛和吉格迷德谁也没说话，谁也没有看谁。最小的孩子东一句西一句地嚷嚷，最大的训斥道："你忘了？吃饭时不要说话。"

"来，给阿拜把酒拿过来。"吉格迷德说道。

最大的孩子下了炕，噌噌地抱来酒瓶。诺明噶尔玛睃了一眼吉格迷德跟前的碗，好似他的脸在碗里浮着。

最大的孩子拿来两个酒杯放到桌上。

"额吉刚才喝过了。"

诺明噶尔玛拿刀从羊肩胛骨上削下一块儿瘦肉，放到大孩子的碗里。

吉格迷德给自己倒了一杯喝掉了，接着他给另一只酒杯也倒满了。诺明噶尔玛没有动那杯酒。

"扎，好了。"吉格迷德把酒杯一推。

吱吱几声，灯突然灭了。

"风力发电机又没电了。"黑暗里大孩子说道。

诺明噶尔玛下地点了蜡烛，将蜡烛放到桌上时发现她的酒杯空了。

没一会儿，三个孩子睡了。

屋内变得安静了。诺明噶尔玛将羔子抱回了羊圈，等她回屋时吉格迷德已躺下了。他背对着蜡烛露出半截红红的后背，那是扎了草刺儿，有的地方还浸着血。

诺明噶尔玛坐到炕沿，含口酒往吉格迷德后背一噗，吉格迷德抽搐一下没吱声。她连噗了三口，吉格迷德都没吱声。

诺明噶尔玛找来针，拿到蜡烛上烤，烤红了，给吉格迷德挑刺。吉格迷德时不时低吟一下，每低吟一回，诺明噶尔玛就把手缩回停在半空里。

没多久，吉格迷德睡了。有几次，针脚好像扎疼了他，他嗯嗯地嘟哝着抽抽肩。

诺明噶尔玛挑完了刺，盯着红红的后背，不由得想到，在如此瘦干的躯壳里，居然还藏着一颗扑腾不止的心。真是很难想象。

天亮时，诺明噶尔玛走到屋外。一股清爽灌得她睡意全无。她慢慢地走了走，把鞋子脱去，走到小小的水泊子里。她觉得她走在了海边。

她知道，等她回去了，吉格迷德会跟她说一句："海嘛，不就是水嘛。"

其实，这句话后面还有一句：哪里不是生活？

七角羊

一

胡庆图的所有烦恼都藏在他的帽子里。那是一顶二十年前在小镇街道时髦过的圆顶礼帽，灰色的，帽檐圆圆的、宽宽的。这顶浸透着胡庆图汗味的帽子，结结实实地遮住了他的半张脸。在夏天闷热的天气下，他取下帽子扇风时，会露出一颗半是紫红色半是寡白的脑袋。他的头发也是两种颜色，藏在帽子底下的呈灰白色，露到帽檐下的、天天被风吹着日晒着的几绺却是黑亮亮的。不过，近来，他从来都是自己一个人时才摘下帽子。

然而此刻，胡庆图对面的三个男人却一定要他脱掉帽子。三人中两个是警察，一个是司机。司机坐在调解室软椅上，他个子太小了，小到像是稍大的孩子坐在那里。如果不是听到他粗哑的嗓门和句句占理的言语，谁都会认为司机只有十七八岁。他双手扶着椅靠，神色很不悦。

"不行，我不要任何经济赔偿，也不要任何言语道歉，我只要他脱掉帽子向我致个礼，而且就一次——这事便了结了，我二话不说抬脚走人。"司机看着警察说道。

警察扭过头来用询问的眼睛看胡庆图，胡庆图却摇了摇头。

"我知道，蒙古族男人脱帽致礼是一项很尊贵的仪式。那表明尊重，眼下，我只需这样的尊重。"

"听到了吧，人家不需要你赔车玻璃，也不要你道歉。人家只要你一个小小的致礼。你在你们家乡不是天天做那种动作吗？小小的仪式。"警察对着胡庆图说道。

胡庆图仰起脸看了看警察，又侧过脸看了看对面的司机，最后把视线收拢到膝盖处相叉到一起的十个指头上。

"你倒是说话啊？都耗了几个小时了，就为这么个破事儿。"警察不耐烦地扔掉了手里的笔，站起来，走到胡庆图跟前。胡庆图条件反射地站起，将手捂到帽子上，那样子好似深怕警察会一把夺走他的帽子。

"坐下！你把人家的车玻璃撞碎了，人家不但不要你赔，也不要求严惩你，而是单单要求你做一个小小的仪式，你怎么就不能自觉点？你再不自觉，我们就要对你依法做处理，昂？你可要想明白前因后果。"

胡庆图慢悠悠地坐下，一手捂着帽子，一手放到腿上，歪着脖子听完警察的警告。屋里变得静悄悄的，四个男人各自保持着沉默，唯有四双眼睛在彼此脸上匆匆滚过。

一会儿胡庆图站起来，对着警察说："我好好地走在马路上，他却拼命地鸣喇叭。"

"坐下！你把手放下来，这里没人夺你的帽子。你说你好好地走在马路上？你那是好好地走吗？你看看，除了你还有谁横插马路？"警察反问道。

"我前面走过三个人，我是跟着他们走的。"胡庆图慢悠悠地坐下，坐的位置过于浅了，只占到椅子三分之一。

警察啪地拍了一下脑门，坐到椅子上，眼睛盯着天花板，很是无奈地说道："人家是横穿马路，你那是马路中央鹤立鸡群。"

"我本想和他们一样快速走过去的。"胡庆图的语调没有任何的变化，他好似一直不明白自己错在哪里。

"走你走个哇嘛，为嘛死守着不动？满满的两分钟囉，两分钟，你懂不？城里马路上耽搁两分钟就跟你们草原上耽搁半天一个理。"司机放弃了刚才的普通话，换成地方口音说道。

胡庆图听了，半晌不说话。陡地，他提高嗓门冲着司机说："那你冲我鸣什么喇叭？绕过去不行？就你会开车？"

"停停停，咱是来解决事的啊，不是来争嘴结怨的。我看啊，咱都是爷们儿，对吧？"警察先是看看司机，再看看胡庆图，见两人都不搭腔，继续道，"咱都是爷们儿，这么僵持也没用，你，"警察指着司机说，"你确定不用他赔你的车玻璃了，对吗？前提是，他得给你行个小小的摘帽礼？"

司机点点头。

"我知道你，胡庆图，你不是赔不起，你只是不愿意以朋友的身份待他，对不对？"

胡庆图听了，有些不知所措地看着警察。

"你若将他视为朋友，不用我说，你也会行摘帽礼的，对不对？"警察很有城府地停顿后，继续道，"我看啊，咱男人，走哪不是为了多交几个朋友？"警察面露笑意，用一种期待的眼神看着眼前的两个人。

"我倒是愿意与他交朋友。"司机站起说道，他脸上也有了笑意。

"你当然不会拒绝了。算了，就这么点破事，早该结束了。"警察向前走了一步，轻轻地捶了一拳胡庆图的肩膀，脸上满是笑容。

这一拳来得恰到好处，这一笑容也来得很是时候，胡庆图看看警察，又看看司机，脸上的肌肤有些怪异地抽搐几下，最后咧开嘴笑了。

"看看，多好，这才是咱男人处理事儿的样，来来，咱握手。"

司机走过来和胡庆图握手，他胳膊虽然很短，但是用力很猛，几乎在那里抡着拳头，他已经笑得露出了牙齿。

"都过去了，今后咱相互多关照。"司机说着，仍然握着胡庆图的手继续说，"我得去修我的车了——"他仰起下巴看着胡庆图的帽子。

胡庆图笑着，但是他的笑是那种毫无声响的腼腆的笑，他低头看着只有他肩膀高的司机，用左手取下他的帽子，他并没有完全将帽子从头顶取下来，而是只移开一点点距离，露出他那灰白的颅发，然后下巴浅浅地往下一勾，算是行了礼。

胡庆图做这些动作的时候速度很快，几乎是一刹那间完成了抓帽、挪开、点头、扣回。可是，司机那双早有准备的眼睛还是在那瞬间看清了一切。那瞬间，司机脸上的笑凝固了，但他又是受过良好教育的人，很快调整好自己脸上的表情，依然笑容可掬地对着胡庆图回礼，点点头。

离开调解室时，司机向警察点了点头，他相信警察也看到了胡庆图帽子底下的秘密了，因为他看到警察的脸上依然空吊着一对儿惊呆的眼睛。

二

胡庆图颅顶上的角是在春季最后一场小雪之后长起的。那一场雪下得很凌乱，一会儿飘洒，一会儿又停止，一会儿太阳出来，一会儿又是阴沉沉的。羊群的脊梁上一会儿白白地遮着一层雪花，一会儿亮晶晶地挂起水珠儿。胡庆图赶着羊群到了沙窝子地，那里长满了腰高的沙蒿草。这片沙蒿草窝子是他家羊群过冬的保障，如果没有它们，凛冽的北风下，羊群准是又饥饿又挨冻。

胡庆图往一丛沙蒿草铺开棉袄，躺上去。天气是再好不过的初春暖融融的日子，天空更是蓝得流油。没一会儿胡庆图便晕晕沉沉地睡过去了。突然，胡庆图觉着胯裆处揪心地疼，他还没完全醒来，人却已经滚到沙子上了。他抬起头看，许久许久才看见一条黄黄的树桩，他眨眨眼，再仔细瞧，树桩变成邻家光棍儿长鼻子。长鼻子的原名叫乌日图，只因瘦长的脸上长着鼻骨高直的鼻子，人们就称他为长鼻子。长鼻子已经有四十五了，还没娶回老婆来。没老婆的男人，怎么看都少那么一脸的熟劲儿。长鼻子手里抓着驼粪蛋站在那里笑，胡庆图便知道刚才胯裆处被驼粪蛋击中了。

"打死你大大呀哇。"胡庆图笑着，拽回棉袄往身上套。

"尿大的人还给人当大了。"长鼻子连跨带跳的，没等胡庆图将棉袄套上去，他的手已经从胡庆图肩头掐紧，往后一掼，没有任何准备的胡庆图哦的一声头杵到沙子上。这下他完全醒了，右脚往沙子上一蹬，左腿往后一钩，站起来扑向长鼻子。长鼻子早已在等候，接住胡庆图的猛扑，两人就在那里摔打起来。

嘿！咳！啊！马奇！马奇！

寂静的原野里只听得见两人的搏斗声，四条腿在沙子上不断地变换着位置相互踢、钩，四条胳膊早已缠到一起不得挣脱，两个脑袋相互抵着，粗粗拉拉的发梢摩擦出低沉的沙沙声。

马奇！

胡庆图憋足气，后腰往上一顶，整个人重心压向长鼻子，长鼻子脚底一松，人就跌到沙子上。

忒！忒！

长鼻子唾掉嘴里的沙子，站起，弓背伸胳膊，准备扑过去。胡庆图这当儿已经出汗了，他把褂子脱掉随手扔过去。见他脱掉了褂子，长鼻子也脱了褂子。这么一来，一个穿着粉色线衣，一个穿着黑色线衣的两个男人像是一对儿准备相扑的公鸡，相互保持着小小的距离兜圈。长鼻子嘴角有些笑意，似乎为刚才的失手安慰自己。胡庆图脸上却没有丝毫的表情，他那双肿胀般的眼皮下亮着一对儿黑黑的眼睛。长鼻子往前迈出一步试探着，胡庆图迅速扑过去，两人又扭到一起。

马奇！马奇！

这次长鼻子使了个招，将胡庆图黑色线衣撸上去套到胡庆图脑袋上，趁胡庆图用脑袋拱着找出口时，他钩了一下胡庆图的脚脖子，胡庆图毫无悬念地斜身跌倒了。好一阵儿，胡庆图才捯饬明白被揪得变了形的线衣，他看了看线衣，索性一把脱掉随手扔过去。这下他光着上身了。长鼻子见这副模样，也把线衣脱掉了。他贴身还穿着背心，他把背心也脱了。随后，他解开腰带，脱掉了裤子。胡庆图愣怔着，有些不解。长鼻子从裤腰上抽出裤带勒到线裤上，他的线裤也是粉色的，这种颜色很亮，尤其是在灰黄的原野中。长鼻子笑吟吟地站着，浓眉下的三角眼里满是挑衅。

胡庆图犹豫了片刻，也脱掉了裤子，他没有在线裤上勒腰带，因为他根本就没有穿线裤。他的内裤是花色的、瘦小的，勒得他胯裆处鼓鼓囊囊的。见胡庆图这般模样，长鼻子呼啦地抽出腰带，双手往下一撸，线裤带内裤全都撸下去了。他赤着身，叉开腿，猛烈地击手掌。

啪！啪！啪！

长鼻子的掌声有力且有节奏，像是要把整个春阳下的万物击醒。

胡庆图扑过去，但他好像又不知道往哪里抓，两条胳膊只在空中里乱刨。而长鼻子却很有经验似的抓住了他的脖子，往下摁。胡庆图想要抓什么，却看见长鼻子胯裆处黑乎乎的一片，他只好往一侧闪身，跌倒了。

哈哈哈！臭小子！你大大的。

长鼻子嚯嚯笑起来。这笑本来很爽朗，没有任何其余成分，却在胡庆图那里很不入耳。他跳起来，想都不想地把内裤脱去了。接着他扑向长鼻子，这次他没有任何迟疑，没有任何想法，直鲁鲁掐住长鼻子的肩头，用腿钩长鼻子长满黄毛的小腿。

马奇！马奇！

两人扭打着，沙子上踩出无数个小坑。两人滚到沙蒿草上，沙蒿草不堪重负地沙沙折断。有时候滚到一起，有时候又是一个跨着一个，有时候静静地对峙。两人已经满脸尘土，身上也沾满沙粒，且被刮出众多划痕来，有的还沁着血。那些被他们脱去的衣物，东一片西一片地横躺在沙地上。

俩人脸上的神色出奇地平静，没有笑，没有恼怒，亦没有胆怯，只有一种近乎动物的沉静。四只黑黑的眼珠，闪着清澈见底的光。从那光中我们只看到万物最初的模样，洁净而结实。

突然，传来一声嗨嗨声，是女人在唤牲口。两个持着摔跤手动作扯到一起的男人，匆忙松手，分开，直鲁鲁地往沙蒿草下钻。沙蒿草米黄色粒儿立刻沾到两人汗津津的脸上、臂膀上、腰上、臀上，乍一眼看去仿佛两只被拔掉毛的公羊躲在草丛下。喊声越来越近，很快在不远的沙梁上看到了一个人影。两人都认出那是邻家三十出头的媳妇儿。两人屏住呼吸，使劲儿往里挤。草茎划破了皮肤，粗一点还往皮肤下钻。但他俩早已顾不得疼，顾不得累得气喘吁吁，一股劲儿缩头猫腰。

女人在沙梁上站了片刻，往另一个方向走去了。

"走哇，去哥家吃肉，起早我炖了一锅。"待女人没影了，长鼻子平静地说着，爬过去往身上套衣服。胡庆图没搭腔，这倒不是他生气了，而是刚才真的是受惊了。他还没有接触过女人呢，他才二十岁。

回去的路上俩人聊起开春后栽树的事，聊起骟牛的日子，聊起前一日的小雪，唯独没有聊起刚才那场较量。

那天的肉很嫩，很香，俩人几乎把一锅肉都干掉了。

三

从那之后，胡庆图便觉得头皮下开始一点一点地发麻，用手去触摸，摸见硬撅撅的一块儿。每天摸，每天能觉察出硬块儿在往大长。渐渐，硬块儿上的头发开始掉，一天能抓下一大把。在镜子里能看到日渐稀疏的头发下，头皮发红，并覆着一层粗硬的鳞。但没有丝毫的痛觉，只是在颅顶上，凸起两个疙瘩来。

胡庆图先是以为要长瘤子了，叫邻家的老蒙医看了，蒙医给抹了草药粉，抹了七回，不见变小，头发却掉得精光，鳞片也变厚了。老蒙医便劝他到城里去看看，但是胡庆图没有立刻去城里，他觉着没大碍。

有天早晨，他醒来一摸，发现头皮居然被撑破了，从里面顶出尖尖的、草梢头一样的牙来。过了几日，他在镜子里细瞧，发现长出的牙是白白的，约有一寸高，筷子粗，硬硬的。从那之后，他便把那顶很旧的圆顶礼帽天天往头上扣。

到了秋天，胡庆图与长鼻子见面了。胡庆图意外地发现，从不戴帽子的长鼻子居然也戴着一顶帽子，帽檐儿都被他抓得变了形。

胡庆图猜不出长鼻子是否也长了角，他趁长鼻子扒开牲口的嘴，给它看牙的空当，掀起他的帽子。长鼻子发出很是烦躁的一声吼，一把夺过帽子，扣到脑袋上。

"吼甚吼了，你看，我的也长了。"胡庆图说着给长鼻子看，嘴上继续说："那天你炖了甚肉了？回来就长这东西。"

"你大大的，都寻思了这么久，没往那锅肉想。准是我家那头鬼羊阴魂不死，巴掌大的脑袋，长了七只角，鬼东西——我关在圈内喂了一年。"

"七个角？会不会是？"

"谁知道了？一群羊，就它一个。"

"会不会是阿拉穆斯？"胡庆图想起沙窝子地牧羊人口中一直流传的，关于一个叫阿拉穆斯的怪物的传闻。据说这阿拉穆斯住在沙窝子地深处的细柳林里，能和人一样支起身子来，雌雄同体，腿很短，胳膊却很长，能拖到地上。还有一双硕大而面袋似的垂乳，能甩过肩。每年开春后，需要与男人交媾，如果找不到男人就会与母羊交配。所以在沙窝子地，到了秋天，牧羊人就会很留意自家的母羊，每天都早早地从草甸子赶回圈。

"我倒是想见见那个阿拉穆斯呢。"说着长鼻子嚯嚯笑，他的笑总是那么空洞而又有股力量。这让胡庆图有种不由自主的敬重，他总觉得眼前这个独居了半辈子的男人，有种穿越红尘的沧桑与外人不可摧毁的孤独。他是从沙窝子地几十年一成不变的贫苦日子诞生的一匹会说话的骆驼，或者是一株会说话的槐树。总之，他不是单单的一个"人"可以概括的。所以，在整个沙窝子地，胡庆图只愿意和他掏心掏肺。

"它会要了你的命。"胡庆图笑着说。

"痛快地死去也值了。"

会痛快吗？

不知道。胡庆图还猜不透这个"痛快"会是怎样的一种感受。这些天来，他认识了一个女人。在与女人单独一起时，他总觉着女人用一双苦巴巴的眼神盯着他。说实话，他有时候很害怕女人的这种眼神，它似乎预示着长鼻子所说的"痛快地死去"。

帽子越戴越旧，原来的颜色都褪掉了，灰不溜秋的，衬得人苍老了一大截。长出的角已经有四指高了，尖角向两侧歪，之后不往高长，而是往粗里长，没多久成了羊蹄子那么宽。用指甲去敲，砭砭地响，活脱脱是一对儿羔羊角。

长鼻子颅顶上的那对儿羔羊角模样，远比胡庆图的复杂，长到三指高便开始打卷儿，往后勾出旋涡，面儿上还生出浅浅的纹路来。与羊群里那些很老的母羊的角一模一样。

有天午后，两个长了角的男人在沙蒿沟相遇了，他俩便试着相互顶。刚开始的时候，两人都觉得很别扭。不知道怎么摆姿势，不过很快摆出很合乎逻辑的姿势。他俩将手背过去，伸脖子，屈膝弯腰，所有的交涉点都落到角上。两人各自退后几步，叉开腿，调整调整呼吸，然后奋力地往前扑。只听见嘎巴的一声，两人都头晕眼花，口腔里满是腥味。

长鼻子的鼻子下明晃晃地挂出两片鼻涕来，他擦拭掉，大笑着："呀呀，这家伙，到底是年轻人，来，再来一下。"

胡庆图擦了擦嘴角的唾沫，说："来，再来一次。"

这次要比第一次更准更狠，更叫他俩满心欢喜。因为撞到一起后，他俩谁都没觉着头晕眼花，也没有谁把谁撞倒，反而有种完全释放后的酣畅。两人借着劲儿接连来了五六下，最后长鼻子哟哟叫着站过去，摆着手说："扎扎，你是把大大头给撞烂呀。"

"你给谁当大了？"胡庆图笑着，去摸头上的角，摸见一股子热气来。

"哟哟，冒气儿呢。"

"真是噢，你大大的，多少年没这么痛快地玩过了。"

痛快地玩？或许是痛快地死吧。

胡庆图心下这么想着，但没说出口。

从那之后，两人隔三差五地"痛快地玩"。比起最初的笨拙与扑空，两人已经有了默契。有时候两人角对角相持不下，四目怒瞪，牙关咬紧，硬是等到脖子酸疼才肯罢休。有时候他俩自定规则，画一道线，谁最先被挤出线外算谁输。有时候两人也来点更猛烈的，更过瘾的。俩人擦掌撸袖，从十多步距离迎面撞过去。不过，长鼻子毕竟年长二十多岁，怎么使劲儿都不是胡庆图的对手。但他比胡庆图懂得不认真。有次，见胡庆图噗突突地撞过来，他先是静静地等候，待胡庆图就要挨过来了，他又陡地一闪身，胡庆图便不偏不倚撞到一棵树上，撞得额头上起了拳头大的包。

在养伤口的时候，胡庆图和那个刚相好的女人睡了两回。

头一个夜里，胡庆图早早地将灯掐灭了。女人就静悄悄任他脱去她的衣服。秋天的女人，身上的衣服不多，胡庆图却手忙脚乱地折腾了很久，最后的贴身小件还是女人自己解决的。

黑暗中，他将毯子盖过女人的头，叫女人躺到被窝里不要露出脸来。女人没反对。毯子很小，单单遮住了女人的上半身，光着的下半身在黑中瞧去像是汪着的一片水。胡庆图往那片水跨过去，立刻感觉那水滚烫滚烫的，还隐隐地颤栗。他小心地将腿放稳，胯裆处便感觉麻酥酥的，腰骨也跟着发麻，顿然间有了种再也提不起的松垮。正当他咬着牙，要把深陷水片儿的半个身体收拢回来时，毯子下钻出两条细长而冰凉的胳膊来。他很奇怪，搞不明白这一阵滚烫一阵冰凉。

这对儿冰凉的胳膊瞧着很细，却很有韧劲儿。掐紧他的肩头，将他整个人往毯子下拽。他早已是浑身无力，顺着那股子韧劲儿被拖进去。刚被拖进去便遇了一阵浓郁的闷热灌得他头昏脑涨。他需要透气，可他实在是没空当。憋闷中，被两片满满是肉的嘴唇啃噬着，他觉着自己就要被吃掉了。而就在他觉着被吃掉的当儿，那两条冰凉的胳膊往他脑勺上抓，且抓一下松一下，不停地换地方。

他这才想起自己也有一双胳膊，于是他用胳膊抓住不断往上爬的胳膊，说："男人的脑袋摸不得。"

女人听了，虚虚弱弱地："你头上好像有包。"

胡庆图换了一种干巴的语调说："不要分神。"

女人就不作声了。

第二天，还没等女人醒来，胡庆图已经穿戴整齐了。女人说他那顶帽子太旧了。他再次用一种干巴的语调说："头破了，不能见风。"

"老见你戴帽子，要是真有伤，就你这么捂着，迟早会捂坏捂臭的。"

女人的这句话胡庆图不爱听，他说："捂坏捂臭都是我的。"

没几天女人送来一顶新帽，他就忘记了女人说过的话，很是感激地叫女人在他家过了夜。

不过，这次，女人在晨色朦胧中悄悄起身走了。女人走后，胡庆图担心女人把他的秘密散播出去。不过，那女人却也有几分男人的胸襟，不但能守口如瓶，见了他，也装得没那么一回事。就连跟他睡了两个夜晚的事，在她那里好似也从未发生过。女人这模样让胡庆图懊悔起来，他想把一切向女人兜底，可是女人呢，对他很是恭恭敬敬的，他也就没好意思开口了。

那年的冬天很温暖，暖得几乎不像个冬天。仓房里的肉都没冻透，刚过四九天，便开始滴荡起血珠儿来。长鼻子心疼那肉，但他又没法子阻止那血珠儿不滴荡。他寻思半天，最后只好将肉切成块儿，过了油，存到瓮里。可是他忘了将瓮口扎紧，夜里几只偷盗成性的老鼠跳进瓮里偷肉吃，吃饱了，却没能出来。长鼻子先是把死老鼠捞出烧掉，又把上面的肉剜出来埋掉，把下面的留给自己了。

可惜的是，那几只死老鼠最终要了他的命。他在家里躺了几天，高烧不断，胡言乱语，没等胡庆图从城里抓回药来，他就成了一具灰白的尸体。胡庆图往他身上泼了三瓶白酒，用白布将尸体裹成结结实实的长条，然后扛到沙窝子地埋掉了。

长鼻子死去后，人们都觉着他是死于老鼠疫患的。但是胡庆图却不那么想。因为，在给长鼻子擦身时，他看到他裤裆处红肿的一堆。那样子看上去好像被什么揉搓了很久。从那之后，胡庆图相信了那则在沙窝子传说了好几个世纪的、关于阿拉穆斯的传闻。他信这个。他暗自决定不能在初春时节，天黑后往野地里跑。

四

从城里回来后的某个早晨，胡庆图突然明白过来司机为什么非要让他行那个小小的礼仪了。他确定那个司机已经看清了他帽子下的秘密。

没多久，他也证实了自己的猜测。因为这些天来，远近处的人们陆陆续续地往他家里串。他先是很高兴，在人迹罕至的沙窝子地能见到几个人影，多少能驱逐他内心的、莫名的孤寂感。好比是干硬的土地遇了春雨，变得松软，他整个人也变得温和了。然而，渐渐地，胡庆图明白了来访者们的目的。

他们只是为了来看他的角的，而不是为了他本人。他们，有老有少，有男有女，有生有熟，还有些早已不来往了的亲戚。自从胡庆图父母相继离世后，这间小屋里还没有聚过这么多人。他们有的坐在炕头，有的倚着壁柜站着，有的像个懊恼的鸵鸟不停地来回踱步，他们本来相互不认识，却为了打发时间，相互聊起天来。

胡庆图坐在炕沿，低着头，双腿耷拉，仿佛一个等着押送刑场的罪人，不声不响。

一位六十出头的男人，城里来的，称自己是胡庆图的远亲，按辈数推过来，是胡庆图的舅舅，只是胡庆图从未见过。

"大伙儿这都是为你好，听说——那个叫长鼻子的也长了——"男人停顿了，好似不忍把"角"说出来，许久后改口道，"你才二十一岁，正是大好年纪。怎么能被这个耽误了呢？你得到城里去，咱得把那做了。"

"你若没钱，大伙儿给你凑。"一个红脸女人插嘴道。

胡庆图没吱声，他已经有三天没说过一句话了。自从这些人挤在他家，一次又一次劝他到城里的那一刻开始，他便没说过一句话。

"你还年轻，有些执拗是对的。谁在年轻时候没拗过？"男人的语调一阵强一阵弱，强时瞪一眼胡庆图，弱时看看别处。

胡庆图把脸埋得更深了，他觉得他就往前一扑，地上就会裂出一道缝儿来。突然地面上亮出一道光来，光里居然晃着长鼻子黑黑的、窄窄的脸，正冲着他坏笑。

你大大的——

胡庆图伸过手，一把撸去帽子。屋里瞬间哗然，瞬间又沉入死寂。很多人盯着他，眉眼僵住，个个像是蜡人。

胡庆图把帽子揉了又揉，往炕角一掼，忽地站起。有女人哦地叫一声，把脸捂住，从指缝里向外看。

滚——

胡庆图本来想吼一句的，可是嗓子是干涩的，舌头也死了一样不听他使唤。屋内一阵响动，人们涌到屋外。有人趁乱伸手揪去胡庆图几根头发，有人拿着小匕首挨近胡庆图，小心翼翼地："能刮一下不？"

砭砭地，胡庆图脑子里砭砭地乱响。他坐回炕头，脸埋得更深。许久后，屋内静悄悄的，人们像影子一样消失了。

傍晚，胡庆图到了牛圈。牛圈里，那头红毛公牛，甩着尾巴逐花母牛。它把角插进草垛，钩住草，摇晃着脑袋。花母牛不稀罕它这等把戏，也厌烦它的死缠烂打，哞哞叫着绕草垛逃。当花母牛看见胡庆图时，像是看到了救星一样，发出冗长的呼声。对于母牛的求助，红毛牛打心眼里瞧不起。它直直地扑上去，此刻，它眼里没有世界，没有草垛，更没有主人胡庆图。它要征服花母牛，要征服整个发情的季节。

也许是花母牛接二连三的叫声，提醒了红毛牛。它歪过脑袋，斜斜地扫了一眼胡庆图。看过后，继续追。它觉着主人不会干涉这等事，年年都这样，没见他干涉。不过，这次它想错了。

当红毛牛泼洒着唾液靠近花母牛时，胡庆图刚好走到花母牛跟前，呆呆地、像堵墙一样立着。红毛牛以为胡庆图在看自己身后的某个什么。它回头看了看，并没有发现什么。它回过头，看到主人脸上一对儿黑亮黑亮的眼珠。对于它来讲，此刻的这双眼纯属挑衅，它烦这样的眼神。前几日，邻家的黑毛公牛不也是用这样的眼神盯着它。后来它俩血战一场，它把黑牛的鼻子钩烂了。

红毛牛晃了晃脑袋，角上挂住的草屑扑簌簌地落下来。

胡庆图一动不动。红毛牛向胡庆图蹭了几步，见胡庆图不动，它低低地叫了一声，又一声，它有点恼羞成怒了。它扭过脸，看了看草垛旁慢悠悠地嚼着草屑的花母牛。母牛眼睛低低的，好像知道了接下来要发生什么事。

红毛牛向后撤了几步，直直地翘起尾巴，又啪地摔下。然而，胡庆图还在盯着它。而且，嘴角浮出几丝冷笑来。红毛牛粗粗地叫了一声，震得整个胸腔里嗵嗵响。它用牛的语言告诉主人，在这个季节，它是不怕鞭子、不怕屠刀的。

红毛牛弓起脊骨，叉开腿，慢慢地撤退着，撤到墙角后，压低脑袋，冲着地喷出几股热气后，再一次发出低沉的叫声。

胡庆图没有走开，甚至都没动一下，他脱去衣裳，赤着身，弓着背，叉开双腿，等候着。

在红毛牛眼里，主人的那双眼在很短时间内变得大大的、红红的、圆圆的，和它的一样了。

红毛牛确定接着要发生什么了，它用力地喷出一股热气，拉长脖子，勾回蹄子刨了刨沙子，把身子猛地向后一坐，四蹄蹬地，箭一样扑去。

红毛牛撞过了主人，撞到牛圈另一堵墙上时，胡庆图已经躺在地上一动不动了。盯着主人身上半空里回荡着的尘土，红毛牛很寂寞地叫了几声。

也不知为何，从那之后红毛牛再没理睬过花母牛。

后来，红毛牛卧在牛圈里睡着了，夜里它做梦了，梦见主人胡庆图盯着它的眼睛，说："你和长鼻子一样样的。"

红毛牛醒了，它仰起脖子看看天空，深灰的天空中没有月亮，只是浮着几片黑黑的云。它怎么都想不起长鼻子是谁了。

乳 山

冬天，太阳从乳山南侧下去。夏天，太阳从乳山北侧下去。如今，炸了乳山顶后，太阳从山顶的豁口下去。

炸山那天傍晚，大漠镇西郊土路上，人们仿佛看到了一个人影：一个赤裸的人影从乳山那边飞一样跑来，顺着尘土飞扬的土路径直向南，最后消失在被遗弃了十多年的小泥屋前。

当时，一条流浪狗突然凶猛地叫起来，接着是另一只，又一只，最后大漠镇所有的流浪和不流浪的狗都叫起来，人们才确定：刚才的的确确有个人在裸奔。

"是谁？是不是外乡的？不然狗怎么会叫得那么炸？"大漠镇年龄最大的雀儿姑说道。她双目失明，但在小镇街道游走从不用拐杖。除了狗叫声，雀儿姑还听到了母鸡们的焦躁声。她走出院子，站到土路上。没人回答雀儿姑的问题。三五只母鸡跟着花毛公鸡沿路向北逃去，母鸡后面是几群雏鸡，叽叽喳喳的，像极了一片片从母鸡身上抖落的碎羽。

大漠镇不大，三五百户人家，户户院门朝西开。西有乳山。乳山，有乳。有人信这话，有人不信。信的人在干旱天冲着乳山磕仁头，回屋，便能瞅见水瓮生了一圈灰白的水。那水，发甜。有人说，那是乳山的乳娘娘显灵了。

"哪来的一股子烧煳味儿？谁家的锅灶塌了？"雀儿姑问道。

"谁家的也没。雀儿姑，是有人把乳山给炸了。"

"炸了？"

"都炸出豁子来了，太阳就在豁口里吊着。"

雀儿姑把脸朝着西边仰，说："我说嘛，天黑起来咋比往常慢些了。那么，是谁在这儿老虎逮耗子的，尽耍脾气，把山头给炸了？那可是我们的神山啊。"

没人理会雀儿姑的话。人们还在谈论刚才的一瞬间。雀儿姑听了半晌，往人堆里挤过去，插了一句："不是胡话，当时我就站在窗前。忽然，一个人影嗖地从窗前闪过。"

"男的还是女的？"有人拿雀儿姑寻开心。

"当然是个女的——"雀儿姑把话音拉长，把后腰挺直了，继续道，"是乳娘娘啦，明摆着的嘛，山被炸了，乳娘娘的家没了。"

人们一听，各自的脸色各自发灰，都向身后瞅瞅，好似身后很远距离的小泥屋的门口真的站着个乳娘娘。

"雀儿姑说得有道理，不然狗叫声咋那么乱呢？狗眼什么瞅不见？鬼还能瞅见了，何况是个——"那人把后半句摺在暮色里不讲了。

"嗯嗯，我家男人也瞅见了。身上光光的，两条腿像葱，剥了皮的葱。"

"不一定，小镇的狗见过乳娘娘，认得。"

"你咋知道的？"有人爱拿话赶话。

"我咋知道的？我养狗，养了三十六年，这够不够？"

一阵沉默，雀儿姑也缩在一旁不插话。

"那，会不会又是城市人？"

这句话轻轻的，但所有人都听到了。

"嗯，准是城市人。"

"这次咱可不能饶过他们，他们把咱的乳山都给炸了，咱还等啥？"

"城市人？不是不是，城市人谁稀罕这个寸草不长的山。这山对咱来讲是个宝，对人家，最多就是个不立碑的墓。"

"呸！叫你再盯着乳山时眼皮儿抬不起。"

天幕低垂，四周渐渐模糊，人们各讲完各的话后，散去。月亮上来了，土路上浸出一层水色来。有几条无家可回去的狗，喤喤地跑过，一路扬起惨白色尘土来。

第二天早晨，几个男人扛着农具走到土路上。向西望去，乳山还在，只是缺了箭头一样的峰。山下有东西在动，把眼眯住看，看出几辆蜘蛛一样缓慢爬行的挖掘车。

几个男人谁都没说话，把头一低，走去。他们走过雀儿姑屋前时，从院墙豁口往里瞅了瞅，他们以此来判断独居多年的雀儿姑是否还活着。雀儿姑很老了，脑子里藏着大漠镇众多鲜为人知的往事。对于整个大漠镇来讲，雀儿姑代表着正在，或者已经消失的一切。新的一切，就从雀儿姑死亡的那一刻开始。

中午，闷热，白天似乎比往常任何一个白天都发亮，亮得叫人睁不得眼。天空里一只鸟都没有。狗和鸡都在屋影下打盹。

雀儿姑一直待在屋里，紧闭门窗。谁都不晓得雀儿姑在屋里做了什么，只是从她家门缝里飘散的浓香里猜测出，雀儿姑又点了九十九支香了。

几个时辰之后，空气变得凉爽，天色归为淡蓝，夕阳吐出玫红。

劳作了一天的男人们回来了。他们走过土路时，雀儿姑坐在树下，把用了三十多年的菜篮子搁到脚跟前。她知道山沟里的苦菜有巴掌大了，那些劳作的男人回来时顺路得给她铲几把——这是她多年的习惯，也是大漠镇所有人默许的事情——雀儿姑的菜都是别人送来的，她受得住这份拥戴。

然而，待男人们走过了，路上悄然了，菜篮子里空空如也。这可是从未有过的。雀儿姑拿手一模，啥也没摸着。过了片刻，又摸，还是没有。她把住低垂的树枝，站起来，嘟哝一句："不是过了清明了吗？咋不见个苦菜？"

雀儿姑心生悲凉，拎起空篮子往家走，这次她没有和往常一样，凭着感觉直端端地走，而是沿着路，一棵又一棵地摸着树往回走。走到一半儿她还难过地落下泪来。

忽地，有狗叫起来，紧接着是另几只，叫声急急的。雀儿姑感到一阵凉丝丝的风拂面而来，她匆匆把泪揩去了，歪着脸听。

一个人影从乳山下飞一样跑来。那人长发披散，光着膀，赤着脚，腰缚布片。土路空无一人，那人跑过土路，跑出一道尘墙，他身后是一群哼哼哈哈的狗。

人们从院子里跑出来，站到路边，个个张嘴向东望。

"我说过，是乳娘娘。"雀儿姑隔着马路冲着人群嘟哝道。

人们已经淡忘头一天的事了，经雀儿姑这么一讲，才想起来。他们朝西望着，认真地盯着乳山豁口处的夕阳，脸上生出悲恸来。他们终于承认，他们的乳山是不存在了。

"不会吧？乳山真有神呢？"有人斗胆把话挑明了。

"哪有光屁股神！"

"是个男人，我瞅准了。"有人厌厌地讲着，眼睛也不看大伙儿，好似那个裸奔者身上的某个地方是属于他的。

乳山峰顶豁口处的夕阳只剩半截了。蚊虫多了起来，一拨又一拨地往人脸上撞，撞得人烦。

"进去了，进去了。"有个小孩喊道。

"进哪里了？"

"鬼屋——"

"你家那个鬼屋，是泥屋。"

"又是裸嫂子。"

"怎么可能是她？她怀着孕呢。"

"别出声。狗不叫了。"

"那可不是裸嫂子。"雀儿姑说道，但没人听她的。

有几个人穿过土路，走到树下来。

"你们忘了给我挖苦菜了。"雀儿姑提醒似的说道。

仍是无人搭腔。

"要不——"这句话的后半句应该是：去看看？

有人扛着铁锹走过来，他身后另一人抄着镐头，还有一个瘦高的男人，两手空空，肩头搭着一捆草绳。

"走，去瞅瞅。"扛铁锹的吆喝道。

"万一是嫂子呢？"抄镐头的年轻人说道，他把"裸"字去掉了。

"那不是裸嫂子。"雀儿姑顺口插了一句。

"您咋知道的？"

"是乳娘娘，把乳山炸了，乳娘娘没地方待了。"

天际，虾红色的晚霞淡去了，夜幕如期而至。人们没有各自回家，而是分头去找来各路兵器，聚拢，向着小泥屋移脚。他们神色凝重，步履整齐，仿佛要去刨埋着千万人头颅的深坑。

没有一点声响，就连蚊虫也懂了人心思地噤住了声。有几条笨狗嚯嚯地叫，有人掷过去石头，几条笨狗便隐到暮色间不见了。

挨近土屋时，人们散开，散出半个圆圈。土屋小小的，比往年的枯草高出一丁点，屋顶上也有枯草，屋檐打着弧线，似乎用力咳嗽一下，它都会轰然坍塌。

人们一点一点地往前挪，为了脚底不发出声响，把脚抬得高高的。夜色越发浓了，地面上浮荡着一层薄薄的黑，很快，那黑升腾，四周瞬间黝黯了。

小屋就在眼皮下了，有人停了下来，低声地："门虚掩着呢。"

"嘘——"

有人耐不住了，走过去，又折回来，冲着小屋吐唾沫。

吧嗒一声，有人扔过去石头，撞在门板上。又是一阵死一样的沉寂，人们立在原地，紧巴巴地盯着小屋。

吧嗒吧嗒，几声响，好多个石头飞过去，门板嘎嘎地响着打开一点点，弹了回来。

"出来！"

"出来——"

依然没有动静。

"你们会遭天谴的，乳娘娘会发怒的。"雀儿姑早被人们落在土路上了，她一个人不停地叨叨着。

"出来——"有人拖着并不坚定的口气喊。

"鬼神神的，给我砸。"

有人走过去，拿铁锹一闪，哐当当，门板落下去了，黑黢黢的门洞一下子被"捉拿"到人眼下。人们盯着那黑，屏声息气，好久都没挪腾一下。

突然，有一道光从门洞射入，照到屋内墙壁上，那里立刻有了一圈散开的光，那下面是草垛，草垛上坐着一个光着身子的女人。

"噢，那不是裸嫂子吗?"有人叹出声来。

"是啊，是她。"

"她怀里是啥?"

"是她的小孩子吧。"

"终于把那孩子生下了。"

一阵唏嘘，人们都挤到门前，伸脖子往里瞅，瞅着瞅着，哄地散开，逃也似后撤。

裸嫂子长着一头好头发，只是多日不梳洗了，蓬乱着，几乎遮住了半个她。她非常瘦，胳膊腿几乎拧一下就断的样子，但是她的双乳却出奇地丰腴，可以说，她的两个乳房"恣意地活着"。

"哪有孩子?"

一柱光从裸嫂子身上匆匆地滑过，只见裸嫂子怀里空空的，除了不断涌着奶水的乳房外什么都没有。

"噢——"

"孩子呢?"

"走走，都回去。别惊着了裸嫂子——"

人们离开去，前前后后，三三两两地走着，没人说话，没人打哈欠咳嗽，静悄悄、黑乎乎地走着，好似山上的树趁夜下了山。

没人知道裸嫂子是什么时候住进那间小屋的。裸嫂子的日子苦，三年前，丈夫和两个女儿掉进冰窟窿离世后，她便疯了。疯了后，她常常裸露着身子在镇里跑。渐渐地，人们称她为裸嫂子。裸嫂子跑了一年，肚子就变大了。

"是乳娘娘给裸嫂子接生的。"雀儿姑说道。

"您老老讲胡话，哪来的乳娘娘，没有。只有疯了的裸嫂子。"

"我瞅见了，你瞅不见。"很少有人信雀儿姑的这句话。

过了些天，人们惊奇地发现，乳山变小了。这是他们从未想过的。

"不等我死，乳山就会不见了。"

"咱去捡些石头来，不然，到最后，砌个墓都要到外乡借石头。"

人们向乳山走去，然而到了跟前发现过不去了，有人在山脚拉了铁丝，挖了深沟，蜘蛛一样的挖掘机轰隆隆地响着。人们知道，乳山再也不是他们的了。人们往回走，走着走着不由得回头望，乳山豁口像个大大的嘴，正在冲着他们呼唤什么。有人当下磕了三个头。

夜里，狗叫起来。

"乳娘娘来了。"雀儿姑说道。

没有人走出屋子。人们习惯了那个风一样跑的影子。他们知道那个人影不是裸嫂子。人们也相信，雀儿姑的话不是胡话。人们甚至相信了裸嫂子的孩子是被那个人影偷走的。

噗地，雀儿姑点了灯。她听到了一声奇怪的声响。她有多少年没点灯了，自己也忘了。她点灯是为了让裸嫂子看到灯光。

雀儿姑走到屋外，又走到院子外，到了土路上。从某个地方传来嘤嘤弱弱的啼哭声，是婴儿的。雀儿姑循着哭声走。走过了三道街口，雀儿姑来到一排屋前。婴儿的哭声不见了，四周万籁俱寂，仿佛在千年墓园内。

"裸嫂子——"雀儿姑低声喊道。

嗖嗖地，什么从身边快速飘过。

"裸嫂子，你的孩子——"

裸嫂子生下的男娃就那样失踪了。没人见过，但都知道裸嫂子生的是男娃。有人说，每到夜里，裸嫂子就在小镇街道上，挨家挨户地寻找孩子。裸嫂子的奶水好，涨得裸嫂子都直不起腰来。有人还说，见过裸嫂子躲在小屋里恸哭抽泣。

"原来，疯子也知道自己生了孩子的啊？"

"这等胡话也能讲出口。"雀儿姑觉得，大漠镇人真是活得没了嘴眼口鼻，说话尽说胡话，行事尽是蚂蚁搬豆腐样。

乳山就在大漠镇人眼皮下日渐消瘦。没过一年，山顶的豁子不见了，无论是夏季还是冬季，太阳都是从乳山上方滑去。这一年，裸嫂子的肚子又变大了。雀儿姑第一个知道了这个秘密。她把裸嫂子带到自己屋子里，把门窗紧闭了，梳洗了裸嫂子的头发。

到了晚上，雀儿姑和裸嫂子走到土路上。

"太阳，太阳被狗咬去了一半儿。"裸嫂子指着月亮说。

"走吧。"

雀儿姑和裸嫂子一前一后地走着。出了小镇，裸嫂子冲着深沟走，雀儿姑跟在后面。

"这次乳娘娘不会给你接生的。"

"乳娘娘自己生。"

三天后，人们发现裸嫂子和雀儿姑失踪了。人们去找，没能找见。到了夏天，天干旱，人们到乳山下求雨。没能求来雨，却求来了一场从未有过的遭遇：乳山喷发，涌出满山满谷的乳汁来。乳汁从乳山顶喷涌而出，像山洪一样向着大漠镇滚来。

据说，那天，有个人影飞一样冲进小镇，抱走了一个婴儿。

热恋中的巴岱

巴岱闭着眼吼了一声，像那条被哑巴老头剜走眼珠的黑狗一样，在沙尘中奋力地吼了一声。吼声从他口腔里完整地发出，但又在瞬间销声匿迹。风，太猛烈了。巴岱觉着，风简直就是无数只胳膊，不停地往身上肆虐：揪头发、打脸蛋、抓鼻耳、掐喉咙、扎额头、扯衣角，就连深藏不露的五脏六腑，也有种被撕被拽的疼痛感。

巴岱又吼了一声。他知道，此刻在这片昏黄的沙窝子地没人能听到他的吼声。他转过身，倒退着走。风劲儿翻了一番，身上所有能抖开的都被风舌子舔舐着，呼啦啦地抖。袖口、裤腿、衣角儿都变成小旗子，争先恐后地随风战栗。口腔里的唾沫嘶嘶啦啦地被牵出，在风里抖。巴岱咬紧牙关，像是与整个沙尘暴抵抗似的一步接一步。

四周，浑浊，黄澄澄的，老木匠的家早已看不见。几个时辰前，老木匠的老婆劝巴岱改天来取门扇，巴岱却没有听劝。是啊，他凭什么听老木匠老婆的劝告？不就是一张门扇吗？我给你扛过去！从此你我有个了断，老死不相往来。什么爱呀恨呀的，统统都被这狂乱的风吞去，刮走。还有那些，那些亲嘴，也都统统——亲嘴，巴岱不由得想起那次湿漉漉的亲嘴。那是巴岱头一回亲女人的嘴。他没想到女人的嘴远远比看着时柔润，柔润得仿佛不是两片儿粉扑扑的肉，而是两片儿滚烫的、乱颤的、黏稠的豆腐脑。他是吃过豆腐脑的，在城里，看着一块儿一块儿的，嚼进嘴里却什么都没有。

巴岱眯缝着眼向昏黄的沙尘望去，什么都没有，除了扭捏着身段呼啸而过的尘土。巴岱闭上眼，后腰发劲儿，往一片沙丘上爬。风速越来越紧，也越来越让人捉摸不透。一会儿从袖口裤筒往里灌，一会儿又从衣领处往外扑。裤腿噗突突地打着胫骨，像是很害怕被扯走，死拽着胫骨。

抓门扇的指头早已过了麻劲儿，不知疼痛地死掐着门扇。整个门扇比巴岱高出一头，宽出一大截，巴岱需要弓着背才能将门扇离地。老木匠的老婆很是心疼地劝他等风止了再来取门扇，还啰里啰唆地叮嘱来的时候牵头牲口，或者驾个四轮儿。你怎么就赤手空拳地来了？又不是扛棺材，非要用肩头扛着。老木匠老婆说一句带一声啧啧，外加一双不解的眼神。巴岱听了不搭腔，他凭什么理她？她又不知道他遇到了什么事儿。赤手空拳怎么了？谁不是赤手空拳地来，赤手空拳地走？大不了死在沙窝子里，让这漫天的沙尘埋了算了。

埋你爹那个头。

巴岱再次吼了一声。他站到沙丘上，听着沙粒儿噼噼啪啪地敲打门扇。如果没有走错方向，再有三里地就是她家了，那个与巴岱亲嘴时脸蛋变得通红的女人家。那天巴岱本来没想过要亲女人的嘴。可是，那天女人一直站在窗前，眼睛看着窗外的雨。当巴岱已经离她很近了，她还是看着窗外。后来巴岱就扯了一下女人的手，很轻微的一下，女人便转过身来正对着他，将下巴稍微扬起。这么一来，那两片厚厚的嘴唇就在巴岱眼下了。那瞬间巴岱什么都没想，完全是本能地把嘴扣上去。很自然，很是水到渠成的样子。起初巴岱以为亲一口，女人就会推开他，谁知，女人不但没推开他，反而整个人依过来，贴到他身上。巴岱先是感觉后脊梁上嗖嗖地冒汗，接着是腿根处火辣辣地抽搐，最后是胸口上扑通扑通地响。他的手先是在女人胳膊上掐了一阵，随后自作主张地往上爬，最后居然莽莽撞撞地到了女人胸脯上。那里，真是一片丰腴。巴岱的十根粗粗粝粝的指头似乎被浸到一坛油滑中，无法缩回来。

女人比巴岱年长十岁，个头却比巴岱小很多，因为个头小，亲嘴时女人一直仰着脖子，两只散发着一种浓郁味道的胳膊向上举着，钩住巴岱的脖子，结结实实的。

那天回家的路上，巴岱闻着雨后沙窝子地散发的泥土香，感觉整个人都晕晕乎乎的。那天的风很凉，但是巴岱身上火烧火燎的。他好几次想拔腿狂奔，可是脚底却沉甸甸的。他还觉得，腿根处麻麻的。那天之后的四个夜晚，巴岱都没能好好入睡。夜里总是睁着眼，一遍又一遍地回想着十根指头被油滑浸泡的瞬间。第五天早晨，巴岱往女人家走去。

这一天天一亮沙窝子地便灰着脸，当巴岱远远地看见女人家时，沙尘暴开始了。对于这种天气，巴岱早已习惯。在沙窝子地，每到春天总有那么些天是沙尘天。这种天里沙窝子地人不是跟着牲畜在沙窝子里转，就是在家里炖一锅牛羊肉，慢悠悠地等着天黑下来。这一天，女人家里除了女人外还有三个男人，一位是女人的父亲，一位是哑巴老头。女人的父亲往哑巴老头的小腿肚喷酒，哑巴老头的小腿被一条流浪的黑狗咬成烂坑。哑巴老头的拳头红红的，那是狗血。他把黑狗摁在地上，用他那十根瘦指头剜走了黑狗的眼珠。当哑巴老头龇着牙剜狗眼珠的时候，狗像啃骨头一样啃着哑巴老头的小腿。哑巴老头忍着痛把狗的眼珠剜了，狗也忍着痛吞了一块儿哑巴老头腿肚儿上的肉。

当巴岱进屋时，女人的父亲正向哑巴老头问，剜走的狗眼珠呢？哑巴老头哼哼哼地指着窗外。几个人都顺着哑巴老头的手指看，猜不出其余人看到了什么，巴岱却只看到了镶着小小玻璃块儿的窗户，他不由得想起那天的小雨，以及那天的油滑。他向站在哑巴老头一旁的女人扫了一眼，女人不看他，女人身后的另外一个男人却看着他。这个男人大约三十出头，脸蛋圆圆的，眼睛圆圆的，就连嘴都是圆圆的，整张脸活脱脱是一张拔掉毛的牛犊脸。牛犊脸紧挨着女人站着，一手握酒瓶，一手抓哑巴老头的腿。女人的父亲先慢慢地呷口酒，然后奋力地往哑巴老头的伤口喷去。每喷一回，哑巴老头就发出公牛发情般的吼叫，蹬腿，用带着狗血的手掌往自己脑袋上乱打几下。

四个人对巴岱的到来毫无反应。他们对他就像屋外的沙尘暴一样，看了看他，没人和他说话。喷完酒，女人的父亲下炕从躺柜里取出一包药粉来。哑巴老头见了那米黄色药粉，仿佛早已猜出药劲儿似的，呜啦啦地说了一堆话，但是谁都没听懂。女人的父亲这时对着巴岱说了句：年轻人，你来得正是时候，给我摁着他的胸。

巴岱脱掉鞋跳到炕头，双手摁住哑巴老头的胸。那胸硬撅撅的，在薄薄的褂子下都能摸出肋骨来。女人的父亲将药粉往伤口撒了几把，当那药粉变成黏糊糊的一层红时，哑巴老头满脸鼻涕泪水地号哭，脸色也变得苍白。巴岱这时向女人勾了一眼，可是女人依旧不看他。倒是那个牛犊脸朝他看着，脸上露出若有若无的笑。因为哑巴老头的腿不停地来回蹬，牛犊脸躲避着往一边靠，已经靠到女人身上了。奇怪的是，女人让牛犊脸靠着自己，一动不动的，她的胸还抵着牛犊脸的胳膊肘。

她的胸，那片丰腴的——

巴岱往沙丘下走，风一浪一浪地撞过来，门扇一阵一阵地颠晃，巴岱脚下就深一下浅一下地乱踩。如果不是憋着一股气浑身上下发劲儿，他准会一次又一次地跌跤。手腕被拧得几乎要断了，他只好将门扇移到身前，这么一来，如同是抵着一堵墙在前进。他整个人紧贴着门扇，一点一点地往前蹭步。沙粒子打不到脸上了，这让他有了喘口气儿的空当。

突然，昏黄中闪过一道黑影。巴岱站住脚，往那黑影望去，是一条黑狗，在沙尘中夹着尾巴跑。黑狗的毛发很长，很乱。他站住脚，看着黑狗顺风跑去。也许他身上的味道在风中传到了黑狗鼻子里了，跑过十多步之后，黑狗陡地停止，向后扭过头来，伸长脖子。巴岱看见黑狗的脸上红红的一片，猜出这条黑狗就是那条被剜走了眼珠的狗。巴岱纹丝不动地站着，屏声息气。

呜哦——黑狗突然长长地吼了一声，然后继续向前跑去了，很快隐入昏黄的沙尘中，无影无踪。

等女人的父亲包好哑巴老头的伤口后，牛犊脸才将胳膊肘从女人胸前挪开。随后几个人围坐到桌前谈论起黑狗来。那是一条流浪狗，或者是疯狗，已经吃掉了女人家三只羔羊。女人的父亲说，要是有杆儿枪就好了，嘣一下，打死算了。牛犊脸却说，剜了眼睛更来劲儿，叫它慢慢饿死。也不知为何，巴岱接住牛犊脸的话说，那么残忍干吗，一脚踹死不是更好。接着他讲起他小时候养的一条黑狗的故事来。当他讲到黑狗死了他哭了时，牛犊脸扑哧地笑着说，到底是年轻人啊，年轻人。巴岱听了脑子里轰的一声，眼前什么都没了，唯有一片灰白的光。这时女人的父亲对着巴岱说：跟你姐夫喝两盅啊。巴岱还没反应过来，牛犊脸便举过酒盅来对着巴岱说，来，跟姐夫喝一盅。巴岱看了看牛犊脸，又看了看灶旁捞肉的女人。女人一定听到这句话了，因为她脸上红扑扑的，嘴角还弯着，巴岱立刻看出那是一丝甜蜜的微笑。巴岱顿然明白了，他闷着脸哧溜地将酒盅底儿朝天。酒很辣，辣得巴岱嗓子里嗞嗞响。巴岱虽然十九岁了，但他从未醉酒过。他不喜好那玩意儿。牛犊脸却很是喜好的样子，一盅接一盅的，一会儿工夫脸上便生出酡红来，眼周围也圈出一道深红，那红很突兀。女人的父亲不沾酒，在一旁吸着烟，偶尔递句话。

下过六盅酒后，巴岱再也不想下了。牛犊脸却频频劝酒，说，年轻人就是一根冰棒，得用酒来化解。巴岱听不懂牛犊脸的话。这当儿女人给每人盛饭，先是给父亲和哑巴老头各盛一碗，接着给巴岱盛。巴岱将碗推到牛犊脸前，女人却说了句：你先吃着，他胃不好，吃不了那么多。女人的语调很平静，巴岱听着却很扎耳。他接了一句，胃不好，那得吃狗肉啊。牛犊脸大概没想到巴岱会蹦出这么一句，惊奇地盯着他，不言语。女人说，巴岱，喝碗汤，解解酒。巴岱把碗推过去，下了炕，像是自言自语地：吃黑狗的肉啊，狗肉好啊，疯了的更好啊。

巴岱，你说什么胡话！

女人将碗和筷子搁到桌上，筷子碰到碗沿儿发出清脆的声音。巴岱笑了，低头找鞋。头晕眼花的，脚和鞋无法往一块儿凑。他索性一踢，鞋飞出去撞到门扇上。

巴岱，醉了？耍酒疯了？年纪这么小，就会耍酒疯了？牛犊脸说道。巴岱一脚套上鞋，一脚空着，一瘸一拐地走到门边，继续用脚钩鞋口。可是那鞋口窄窄的，怎么也不往里接他的脚，他又不想弯下腰来。钩了几回他都没能钩住，托着门的手又一滑，他差点跌跤。

巴岱，来，坐下。

女人向他走过来，巴岱却莫名地一转身，用穿着鞋的那只脚对着门猛地一踹。轰的一声，门扇被踹出一道斜斜的口子来。屋里立刻静悄悄的，一直吧唧吧唧嚼肉的哑巴老头也停止了嚼肉。

巴岱没有看向屋里任何人，他坐到地上穿好了鞋，当他站起身欲走时，女人的父亲突然大声地说了句：巴岱，你等等。

巴岱站在门旁，等待着。

巴岱，你醉了啊！等你醒酒了，把门扇给我赔了啊。女人的父亲说道。

赔就赔，我现在就赔。巴岱几乎是喊着说出这句话的。

那好啊，快去快回啊。

醉你爹那个头。

巴岱在心头骂道。他眯缝着眼判断方向，隐约看到了那株老槐树。这株老槐树可谓是沙窝子的地标，这里的人都依它来判断距离方向。从树往北走一里地就是女人的家了。巴岱看了看树，又看了看树上黑乎乎的一团，那是雀巢。他突然莫名其妙地想到，巢里肯定很暖，肯定有一对儿雀鸟交颈而眠。巴岱感觉胸腔里陡地生出一股子暖，柔柔的，憋了一路的气儿瞬间蒸发了。他知道酒醒了。

渐渐，风劲儿减了很多，能望见几十步之外的地形了。天色如橘，有一群羊走过，低着头，悄无声息的，像一群偃旗息鼓的逃兵。沙地上除了被吹出的草茎外，还有很多石子儿。隐约看见女人家的柴草垛，灰色水塔，大大的羊圈。紧接着是女人家青砖屋墙，墙跟前没有摩托车，说明那个牛犊脸不在了。门扇上，远远地见个黑口儿。巴岱懊悔起来，为自己的粗鲁难堪起来。但转眼又想到女人的那句：他胃不好。她的语调是那样地柔柔的，那样地沾情夹爱的。巴岱心里刚刚滋生的懊悔瞬间散去了。

他机械地迈着步，肩头手腕早已过了酸疼，干过无数苦活儿的十根指头更是早已成了十只无知觉的肉夹子。

哑巴老头在炕头睡着，脸色蜡黄蜡黄的，伤腿下垫着东西。女人的父亲不在，女人也不在。巴岱从女人家仓房里找来改锥和钳子，开始卸门扇。

你扛回来的？突然，传来女人的声音。

巴岱停顿了片刻，但没有回头，也不搭腔。他用改锥拧螺丝，发麻的胳膊不听使唤，改锥掉地了。捡起后巴岱更猛力地拧，螺丝钉嘎吱嘎吱地响，像是很疼。陡地，巴岱觉着身上很憋屈，他向一侧挪了挪身，他知道女人已经站到他跟前了。也不知为何，他很抵触与女人这么近的距离。

歇会儿吧，喝碗茶吧。

女人的语调干巴巴的，完全没了先前的黏糊糊。也许，只有对着那个牛犊脸，女人才会发出那种黏糊糊的语调。

巴岱仍不理睬，也不看女人。手上的劲儿却增了一倍，拧断了好几枚螺丝。女人不作声了，在一旁默默地站着。卸下门扇了，巴岱扛过去哐啷地往地上一掼，没有掼烂，只掼出灰灰的尘土来。巴岱低着头回到原来位置，开始安新的门扇。女人要帮着他抓一下门扇，他却用力地晃了晃门扇，用这种动作告诉女人他对她极为厌烦。

嚯咦，吃口茶吧。女人说道。也不知为何，女人的声音夹杂着明显的胆怯，或者一种近乎哀求的味道。

你要结婚了？巴岱问道。

嗯？你要嫁那个牛犊脸了？

巴岱的嗓门陡地提高，眼睛睁圆，盯着女人问道。

女人将脸避开，眼睛盯着别处，很是迟疑地点了点头。

巴岱坐到炕沿，鼻腔里涩涩的，那是填满了的沙粒。女人递来一碗茶，他看到碗底蓬头垢面的自己。他喝了口，茶太烫，烧得他喉咙里生疼。他将碗放回桌上，下了炕，走过去。他的样子明明是要推开门走出去，可是，当他走到门跟前时，他顿了顿，突然抬起腿，猛地踢去。随后，他直直地走了出去。

噢——女人盯着门扇上斜斜的新口子，不由得哀呼道。

雌性的原野

　　夜里，我醒来了。我是被一串冗长、拖沓、单调、尖锐，仿佛是拉着松了线的四胡般难听的鼾声吵醒的。我抬起头，向窗外望去，望不见圆圆的月亮脸，却望见圆月调情般地撒下的、薄薄的、透明的玉色天帘。窄小的屋里一盘土炕上睡着三个男人，靠近我的是苏和图，马囊图沙窝地第三十八个光棍汉，他左边依次是他二哥扎穆图、四弟布哈图，这两位分别是马囊图沙窝地第三十七、三十九个光棍汉。隔壁屋里还有第三十六个和第四十个光棍汉。也就是说，我与五个光棍汉在一个屋檐下安居。

　　屋外，四野朦胧与沉静。我抻长身子，踮着脚尖，慢慢地下了炕，向门口走去。三个男人，六条胳膊和六条腿，横七竖八地扔在窄小的炕头，成了一条条没嘴没眼的死鱼。

　　风伏着草尖，云倚着天脚，蓝幽幽的夜色下旷野空寂。

　　马囊图沙窝地地理位置偏僻，从地球的任何一个角落抵达这里都需途经浩瀚的沙海。干旱、贫瘠与廓落，是这里的永恒模样。而且，它将这副模样保持得"依然"而"真实"。我来这里已经好久了，准确地讲，差不多过去了五个世纪。

我向阴茎石走去，它足足有三截套马杆高，在岑寂而幽暗的夜色下，在凸凹不齐的沙丘间，它仿佛是一条蟒蛇撞开地面，冲天飞舞，然后又骤然间固定在半空里。它粗粗的腰身有着一层又一层纹脉，据说那是我的功劳。马囊图沙窝地人称我为"神风"，是那种能把巨大的岩石日夜不停地吹，吹成怪模怪样的风。我的丰功伟绩，用最简单的词语来讲，就是风蚀。

据我所陌生的人讲，老古时候这里是大海，岩石经海水冲刷侵蚀，形成圆形、椭圆形的雏形，后来由于地质结构不断变迁，海底上升为陆地，岩石经风力剥蚀逐渐变成怪异形状。但这些陌生人之言，到了马囊图沙窝人那里就变了味，马囊图沙窝人始终觉着能把敦实的岩石雕琢成奇形怪状的风，一定是有着神的旨意。所以，我是他们心目中的神风，我这股风若要生气了，就是沙尘暴了。

风蚀林间除了阴茎石，还有牛角石、醉驼石、黑马石、双羊石、阿拉穆斯（鄂尔多斯高原蒙古族民间传说中的女妖）石和很多大大小小的如灶台、八仙桌模样的石头。从高空俯视，它们生于地、高于地，而又归于地。

伴着一串若有若无的踩步声，一道细长黑影从阴茎石那边匆匆移来，我俯下身伏在土墩上。细长的黑影越挨近越细长，很快，我看清了她：蓬头垢面、浑身酰毛、乳房硕大、前臂过膝、尖嘴窄眼。她是阿拉穆斯，一个有着成人身高的女妖。她的一双窄眼亮着两豆绿光。我猜出她要去干什么了，我想去阻拦她，可我又很是惧怕她那双火苗一样的眼珠。她直直地向着那座土屋走去，我拼足劲儿，从她身后撞过去，只见她长长的头发稍许地浮起，又落下去了。只要阿拉穆斯把那双硕大的乳房甩过肩膀，那么你就完蛋了，她那细长而有力的前臂如铁钳一样掐住你的脖子，马囊图沙窝地所有人都知道阿拉穆斯这般厉害的功夫。

很快，阿拉穆斯掀开察穆哈睡的那间屋门。不用我去看，便知道她会迅速扒开察穆哈的裤头，然后察穆哈就会感觉身上火辣辣地痛，但很快又会觉着一种莫名的快感传遍他浑身。他的身体不停地晃动着，似乎脱缰的野马在旷野里狂奔，一个什么会钻进他的体内，不停地舔着他的心头，最后当察穆哈完全醒来后，他会感觉身子灌了铅般地沉重，他也会发现自己浑身赤裸，裤裆间湿漉漉的一片。

我呜呜地低泣，以此来安慰茫然而不知所措的察穆哈。我知道，阿拉穆斯和男人交媾后，生一窝的妖娃，那妖娃千日内长足身子，然后潜入男人屋里，马囊图沙窝地四十个光棍从未缺少过那种最为原始的满足，或许这也是他们一直光棍下去的缘由。

回到屋里，我看见察穆哈呆呆地坐在炕头，盯着眼前深不可测的幽暗。他赤裸的躯体，脖子以上、膝盖以下和两条胳膊是酽茶色，脖子以下是水白色。一股股腥臭的、黏糊糊的味道从他身上不停地涌散。我蹑手蹑脚地关掉敞开的门，然后倚着墙壁不声不响，我不知道怎样才能等到天亮。

迷迷糊糊间早晨终于来了，察穆哈不慌不忙地穿了衣服走到屋外，然后抄起扁担往水井口走去。吃水井在三里地外的草甸子上，它是察穆哈家的吃水井。这眼井，井壁深，井水却很浅，只要挑几担水便见底。

时节已临近农历九月秒，我攀伏着察穆哈肩头，轻轻地拨弄他额头间已遮住了眉毛的发梢。他浓眉三角眼，颧骨高高，脸蛋暗红，脖子粗而短，一张方脸臃肿而憨实，如庙堂里千年无语的泥塑面庞。他穿着他那身穿了三年的暗绿色四兜布褂，褂子肩头褪了色，泛着一层灰白的光，一溜扣眼上黑黄蓝绿地嵌着五种颜色、五种大小的明扣。他走得平稳，目不斜视，面色凝重，毫无趣味。

空廓的原野，一眼望去渺茫而悠远。矮矮的沙丘一个连着一个，大地犹如长满乳房的女人躯体。察穆哈深一脚浅一脚地留在酥软沙子上的踪迹，是从他身上抖落的岁月碎片。四十三年，他已经这样深一脚浅一脚地踩过了四十三个春秋冬夏。

"喂——察穆哈——"陡地一声急促的呼喊声，惊得我躲到察穆哈身后。察穆哈也立刻顿脚，警惕地向四周望去。幽暗晨色间，眼下除了凹凸不展的沙丘外什么都没有。天空里薄薄的一层铅色云，星辰已隐去。

"嗨——察穆哈——在这边——"

我和察穆哈同时顺着呼声向西眺望，天脚有着连绵的沙丘，山丘这边是黑森森的沙沟地，那里长满灌木丛。听到呼声的瞬间，我有种莫名的恐惧，但又有种莫名的窃喜。这呼声，熟悉而久违。

察穆哈斜着身原地打转，一双眼拉成两条缝儿。天际烧着一道血色光，远山影影绰绰。他屏住呼吸，弓着背，拿手钩回水桶高高吊在半空里，好让其不发出哐啷声。

"察穆哈——"一声略显慎怒的呼叫。我终于舒了口气，从察穆哈身后移到一侧，我完全认出呼声了，几百年前的呼声，我按捺着惊喜，但突然而至的喜悦令我忍不住要摇首弄姿，我向他吹口冷气，他稍稍避开脸，但仍抻脖子，展开厚厚的眼皮，将一双褐色眼珠极快而茫然地滚动着。我又吹了一口冷气，然而，他只是皱紧眉头，像要决斗般地咬着嘴唇，我猜出他已想到了阿拉穆斯。早在察穆哈很小的时候，有人就告诉过他，阿拉穆斯喜欢住在那片人烟罕至的灌木丛中，那里处处裸露着骸骨。

我想劝慰察穆哈，但他盯得太出神，完全没有注意到我的存在。也许，在这瞬间他记起了夜里的阵阵疼痛，以及趁着黑暗有什么不停地舔舐着他脖颈，将黏稠的唾液往他脸上糊去时他无能为力的困惑。

不要愤怒与疑惑吧，我的原野男儿，等待了四百八十一年的奇遇已来临，我想这样告诉察穆哈，然而，他陡地转身向吃水井走去。

终于等来了这一刻，等了四百八十一年，我不停地默念着。我从未奢想翁衮①能显灵，察穆哈家壁龛里供奉着的毛毡偶已有四百八十一年的高龄，它是从卫拉特蒙古部落族人那里传承下来的神具。察穆哈弟兄五个是卫拉特蒙古部落的后代人，也是这个古老部落仅剩的几个男儿中的五位。

四百八十一年前，卫拉特部落还没迁徙至马囊图沙窝地，当时他们居住在阴山山窝间。那年深冬，一场铺天盖地的冰雪肆虐数日后完全遮住了整个部落村，待春天冰雪化去后发现，整个部落人全部冻僵死亡，只剩了一位孕妇。原来，这位孕妇躲在厚厚的毛毡里才躲过厄运。后来，女人铰下毛毡一角，放在壁龛里供奉，直到一百年前，察穆哈的曾祖父躲避战乱，逃到马囊图沙窝地时，他啥都没带，只带了毛毡偶，他们称它为翁衮。

如今，每天早晨吃茶前，察穆哈都要往毛毡偶没有眼珠、没有嘴鼻的面孔上抹去几滴鲜奶，这一点是察穆哈父亲生前特别嘱托的。老人曾告诉察穆哈，毛毡偶是他家祖传的"根脉"，已有精灵附体，只要永久地、不间断地敬鲜奶，迟早有一天精灵会显身。

然而，对这一切察穆哈没我熟悉，我曾与那位孕妇在山窝地冰窟窿里待了很久，后来我又跟着察穆哈的曾祖父走出山沟。对于他家的一切，我了如指掌。他们这一部落人，一年到头吃浓浓的酽茶，穿粗布衣衫，受焦阳的暴晒，忍狂风的肆虐。他们的日子在黑夜与白天的轮替中，没有多少的改变，只是单单地顺着岁月之钟往前滚。但是他们从未

① 翁衮：古代蒙古族供奉的偶像，萨满教的神具。这里指用毛毡扎成的不完整的人形偶。

有过要离开这里的，哪怕是一丝一毫的念头。这要感谢毛毡偶，我想应该是感谢毛毡偶的存在。它是浓缩的卫拉特部落。

早饭是一锅羊肉干粥，弟兄五个一人端一碗，沿着土炕坐成一溜。每天的这个时候，我都要躲到屋外。我受不了他们五人缄默着吃饭的样子，一排排坚硬的牙齿嚼着糊状饭粒发出单调的嘎巴嘎巴声，而且这声响在窄小的屋内肆无忌惮地蔓延。我常想，为什么弟兄五个总要保持惯性的缄默？彼此间似乎永远横亘着一条"吝啬"之河，使一波温润的眼神都不愿意相互传递？在我眼里，弟兄五个长着五条瘦骨嶙峋的相似身板儿，五双忧郁木讷的相似眼神，五张不轻易微笑的相似嘴巴，五样颓废慵懒的相似神色。然而，也许是因多年的贫穷与潦倒，在他们极为相似的外表下，却有着五种极不相容的脾性。因此，他们是一只只独来独往的盲鼠，在马囊图沙窝地开辟着属于他们的天与地。他们或许早已忘记了，他们是卫拉特部落最后几个男儿。

早茶过后，日复一日的劳作，毫无新奇、毫无花样地重复着以往单调的旋律开始了。扎穆图赶着一小群羊往沙甸子走去了，他从懂事起就干这活儿。我曾多次陪着他一起放牧，他喜欢望着天涯若有所思地哼曲儿，我却害怕他哼曲儿时的寂寞眼神。

布哈图今天要到沙漠里找黑母牛，它是家里唯一的一头牛，失踪有十天光景了。我从布哈图脸上没看到丢失黑母牛后的担忧，而是嗅出一种深藏不露的焦灼与喜悦。而对他这深埋心底的秘密，他的四个哥哥没有任何的发觉。他的这份窃喜来自那个红脸女人，她是一个三十三岁的少妇。但他也完全不会发觉，他的四个兄弟心中也深埋着对红脸女人莫名的焦渴。

我目送着布哈图越走越远的背影，心里浮荡着无法用言语表达的滋味。我倚着屋檐下的一条破败的横木懒懒地晒着太阳，每年春天鸽子会在横木上安窝。今天我想留在家里，夜里我东奔西跑得着实很累了。

在我眼皮下，矮矮的树墩上置着凹去很深一截的磨刀石，在它上面的一把宽刃短柄刀，被苏和图不停地来回磨，很快那刀亮起寒光来。他们要杀生了，这是马囊图沙窝地人迎接数九冰天的最有代表性的壮举。

在杀第一只羊之前，苏和图将泛着寒光的刀刃举到鼻根前，紧闭一只眼，远远地瞄准，我顺着他的眼神望去，一豆火红在沙窝地里一颠一颠的，我认出那是红脸女人。她尾随着她家的羊群，向着草甸子走去。一会儿，苏和图嘴里发出嘎嚓一声，他放下刀，用舌头舔了舔刀刃，嘴角浮出三五层诡异的笑纹。也不知为何，顿时一股腥臭味扑鼻而来，我用力一跃，跳到屋檐上。

天空里，朝阳射来一道道温暾暾的光舔着大地，夏季里灌满了绿汁的草茎如今已败了绿色，瑟瑟地擎着枯枝烂叶。

红脸女人身上裹一件红罩羊皮袄，那红色在一派灰白的冬季天地里，如一滴凝固冻僵的血滴。而在这滴血中央是一条柔润而白净的躯体，早在十五年前，我和察穆哈就瞧见过女人赤裸的模样，那时察穆哈二十八岁。有一天，我俩到河里挑水，到了河边，还没有放稳水桶，察穆哈陡地扑倒，然后像一条攀着树叶的毛毛虫一样，极力地往前匍匐，随后我便看见红脸女人在人高的草丛里洗身子。马囊图沙窝地女人从不在河水里洗澡，那是怕弄脏了河水。她们用水桶将水挑到草丛间，然后用水瓢舀着往身上冲。我和察穆哈屏住呼吸，我俩的模样很叫我难堪，现在回想起来都叫耳根发热。一股股水珠顺着红脸女人光滑的身子往下淌，一溜乌发像是一条水蛇一样从红脸女人腰根处贴着后背向上攀。我从未见过那么光滑柔润的躯体，我有些胆怯，我哀求般地向察穆哈看去，只见他嘴里嚼着一截又一截的，有着瑟瑟苦味的草茎，然后喉咙里汩汩地发着声响吞咽掉。

　　我忘记了红脸女人什么时候嫁给察穆哈邻居家那个脾气古怪的男人的，只是最近知道，那个古怪的男人一年半前摔断了脖子，成了活生生的"窝炕"男人。一个少妇守着一个瘫痪的男人，我不知道这是一种怎样的境遇。但是有一点我颇理解，为什么察穆哈一家五个光棍汉都在不同程度地"幻想"着红脸女人。

　　当红脸女人赶着羊群到老树不远的距离时，布哈图也刚好走到老树南端的沙沟地里。他窝在一盘莎蒿草后，等着红脸女人慢慢地走过来。红脸女人手握铁钳，眼睛不离地地迈着步。她这是在捡驼粪蛋，冬天里这里时常会出现一群群无人看管的驼群，而用它们遗留下的粪蛋来填炉子，那是相当地温暖。她半曲着腰，慢慢地移着步，只要瞧得一摊驼粪蛋，她就会用铁钳子钩，然后肩膀一拧，胳膊一甩，黑亮的驼粪蛋便不偏不倚地落入她背后的背篓里。

　　红脸女人每做一个甩铁钳的动作，布哈图的眼珠就跟着一起一落。待红脸女人离布哈图只有一箭头距离时，布哈图忽地学着狐狸发出怪异的汪汪叫声。红脸女人的羊群听见汪汪声，訇地四散逃去，寂静的沙丘间腾起灰白的尘粒，羊群咩咩狂叫着东逃西窜。红脸女人先是一怔，而后对着空中啪啪地砸去长鞭，并发出"托儿托儿"的呵斥声。

　　我迅速飘到布哈图跟前，瞧着他捂嘴嘿嘿傻笑的模样，觉着他这副模样可恨而又不失可爱。他猫着腰，躲进一凹地里，然后像一匹两条腿的狐狸一样飞快地逃离那里，逃到很远距离，仍忍不住哧哧笑。他这种欢快的笑，他的四个兄弟从未见过。

　　一次有惊无险的逃命后，红脸女人的羊群安静了，继续埋着头在灰白的土地上啃着草叶草茎草屑。红脸女人的背篓也装满了驼粪蛋。她放下背篓倚着背篓坐在沙丘上，若不是母羊们爱在这种寒冷的天气里生崽，红脸女人是不用这样分分秒秒守着羊群的，和她一样不得丢下羊群的还有扎穆图。

躲避着寒气，我偷偷地钻进扎穆图怀里，他披着长长的散发着汗臭味的羊皮大氅，坐在沙窝地，燃了一篝火，那火无精打采地吞烟吐气的。从这里能望见红脸女人，可他却不会叫红脸女人来烤火。扎穆图今年三十九岁，有着一张与实际年龄极为不相符的、苍老而不苟言笑的面孔。说出来也许叫人咋舌，他是马囊图沙窝子地唯一没有和红脸女人说过话的男人，对他而言，两家之间十多里路的距离犹如十多个世纪的空间距离。但是这并不代表他对红脸女人没有任何的关注，他深知红脸女人身子白净而柔润，他那男儿身上的第一次喷发，如火山口喷发的浓浓"岩浆"，那岩浆激昂、猛烈，几乎要掩盖了他本人。

那时他十六岁，比红脸女人大几岁。那天，红脸女人的羊群和他家羊群混在一起，他家的臊胡（种公羊）追她家的黑母羊，追着追着追到了，随后吐出滴水的舌子往黑母羊身上舔，待母羊温顺了，那个家伙——扎穆图眼里它很是浑蛋——便跨上去。扎穆图不去管那沾沾自喜的家伙，他只等着那家伙完事后快点回到羊群里。然而，那家伙硬是没完没了，他拘谨地躲到一边，冲着红脸女人撇过一眼，偏巧红脸女人也冲着他撇来一眼，四个羞涩而难堪的眼神撞在一起，如两波炽热的火苗撞在一起。那瞬间里，扎穆图感觉浑身痉挛发麻，并且身上的某个地方嗖地一拧痛，整个人便举步维艰了，他蹲下身，他被火烧的岩浆吞噬掉了。

从那以后，他没和红脸女人说过一句话。甭说交谈，就是直直地看都没有过一次。他曾多么渴望红脸女人能嫁给他，可他又不敢，他不清楚他究竟怕什么。

第二天，我和察穆哈再次听到了那声陌生而熟悉的呼叫声。

当时我俩在距家西南方向十里远距离的一个沙窝子里。

"嗨——察穆哈——"呼声有些哀怨的味道，又夹杂着某种甜蜜的嗔怪。察穆哈手持着小小的匕首，做足了时刻要拼杀殆尽的样子。因为握匕首握得过于猛力，手背上密密麻麻突显的青筋几乎要爆裂了。

我俩是循着一溜窄小、歪斜的，疑似狐狸的脚踪从家里追到这里的。那脚踪很难辨认，说是狐狸的吧，足花却大而细长，说是牛马的吧，却踩得不深，在酥软的沙丘上只是轻轻地点了点，好似一朵长了脚的云从那里走过。

早晨里，当我发现脚踪的那一刻，我联想到了毛毡偶，可我着实不确定。我从未见过毛毡偶的脚踪，准确地说，我不知道等她显身后，她的模样会是什么？一个代表着古老部落永恒命脉的神殇会是什么样子？我早已确定呼声是毛毡偶发出来的，但是，我不明白她为什么迟迟不显身？

许久后，察穆哈收起匕首，继续循着怪异脚踪追下去。察穆哈本是一个很本真的猎人，只是，荒野里实在是缺少了被掳杀的猎物。早在一百年前，马囊图沙窝地有过狼和野鹿，后来不是狼吃了狼，就是鹿不生鹿。如今，只有人类忠实的被杀戮者羊群、牛和骆驼，而这些又勾不起猎人一丝一毫的杀生欲念。

怪异的脚踪，因为怪异所以察穆哈才锲而不舍地追着，而我也很是喜欢那种猜不准、看不穿、摸不透结果的追踪。于是我俩一起循着那脚踪继续在沙沟、沙梁间前进。刚开始的时候，脚踪直直地向西南方向延伸，攀过几道沙梁后，慢慢地打个弯，向东南方向走去。与先前比起来，脚踪有了稍许的变化，比先前大了一小截，模样也不像狐狸，或者任何一个动物的脚踪，而是像一个七八岁孩子的脚踪，但又没有脚趾的样子。走过一条长长的沙沟后，脚踪再次打弯，向着东北方向直直地延伸。从我们的位置向东北方向望去，隐约能望见我们的家。

我有些担忧地去看察穆哈，他额头上滚着豆大的汗珠，不停地疾步使他显得疲倦，他眉头皱成一个凸起的疙瘩，眼珠一动不动地望着家的方向。

当离家只有一里地远时，脚踪已经变成一个成人的足印。察穆哈脸色越发阴沉，脚底速度也渐渐放慢，最后索性坐在沙丘上，对着脚踪发怔，似乎在极力思索着什么。

傍晚来临了，他仍在那里发呆。我独自向家里走去，弟兄五个之间的过分缄默，有时候叫我很是孤寂。早在我和他们的祖先在山沟里时，那情景是何等的喧闹而沸腾，何等的蒸蒸日上而生机蓬勃。那时候，白天里我们捕猎，夜里围着篝火烤肉。到了天气酷热的时候，我们赤着身，身上涂满黑黑的淤泥，然后在山坞、山坡、山涧、山麓、山洼间放牧。在那片有草有山有水的绿地上，我们代代生息。而如今，这里死一样的寂静。

到了半夜里，我很难继续睡下去了。我走到屋外，刚要到风蚀林间走一走，却见一抹黑影匆匆地向着红脸女人家走着。我以为是阿拉穆斯，不过很快从影子迈步的样子，我认出是苏和图。

趁着夜色，苏和图藏入红脸女人家耳房内，学着野猫狂躁地喵喵叫。我没想到苏和图会有这般的勇气，我悄悄地攀到窗台上。屋内亮着灯，红脸女人给自己那炕头躺着的、缩成一撮柴草模样精瘦的男人擦了身，又拽出男人身下又臭又潮湿的褥子晾到月色下的柴草垛上。

"喵喵——喵喵——哦——"红脸女人听到了猫叫声后，居然蹑手蹑脚走到耳房门口，以极快的速度挂上门锁，转身，忍着笑逃回屋里。苏和图知道红脸女人将他锁在耳房内了，发出几声猫叫后，狠狠地撞了几下门板。

"哪来的野猫在叫？"隔着墙我听到红脸女人的男人这样问道。

"家里来了只野母猫，浑身的瘦肉，家里的那条狗却没命地稀罕那母猫。"说着红脸女人发出咪咪笑声，笑声听起来很是快乐，我却瞧见两股亮亮的泪正从她眼角慢慢溢出。

没一会儿，苏和图从耳房狭小的窗眼内钻出来了，也许是窗眼过于窄，他脸上划有一道细长的口子，正沁着血豆子。他看见红脸女人的一件外套挂在晾衣绳上，便走过去撸下来，撒了一脬尿，重新挂上。

夜色昏然，苏和图吹着口哨，袖着手，他走得极快，我几乎追不上，他一定羞愧而懊恼。

"喂——苏和图——"一声急促的呼叫传过来，苏和图猛地停顿，等待第二次的呼叫。他那双和察穆哈极为相似的眼珠骨碌碌地转动着，并泛着蓝幽幽的光芒。

"苏和图——"这次比第一次悠远。

苏和图慢慢地向着远近处的幽暗凝视，他脸上先前有过的恼怒与羞愧已荡然无存，此刻闪着一双不安的眼珠，高空里亮着一轮半月，它周围是拥挤的星辰。邈远天地连成一片朦胧，近处矮矮的沙丘上蒿草丛生，偶尔起的风扰得草尖发出轻微的沙沙声。

"苏和图——"呼叫声从另一个方向传来，苏和图猛地转过身，然而，那里空无人影。高高的阴茎石从半空里俯瞰着他。

"噢——阿——拉、拉——穆斯——"苏和图发出惊恐的呼喊声，疯了一般跑起来。我真想拦截他，可是他跌跌撞撞，如长了五六条腿，相互打绊，叫他摔了一个又一个跟头。

直到第二天清早，苏和图仍未从惊恐中缓过神来，他胡言乱语、疯疯癫癫。后来，太阳升起前，布哈图从门后挑起一红柳条，冲着苏和图身上砸了几下，苏和图方才稍许地安静下来，恍恍惚惚地自言自语一阵后，歪在炕头昏睡过去。之后，布哈图铰了一条红布子，拴在门楣上。

"阿拉穆斯怕红色——"布哈图这是在怀疑阿拉穆斯,我心生焦虑,我想告诉他,不是阿拉穆斯,而是毛毡偶,可是我的话他永远都不会听得懂。一直以来,我们没有过言语的交流。

之后的三天里,什么都没发生。察穆哈再也没听到,那声我确定为毛毡偶发出的叫唤声。我们的生活似乎恢复到多日前的平静里。

然而,第四天晚上,闭灯后,我看到察穆哈睡的那间屋门轻轻地被推开了,一道白影轻飘飘地旋进来。我当时在地炉旁打盹,门被推开的瞬间,一股寒流飕飕地冲过来。我醒来了,然后我便看见了毛毡偶。我张大嘴,瞪着眼,我的心猛烈地膨胀缩小,我极力按捺着我的狂喜。

"噢,神风,你在啊?"她问我。

我想要去拥抱她,可是我居然迈不开步子,我的泪喷涌而出。

也许是因我喜极而泣发出了窸窣声,察穆哈醒来了,屋内昏暗,月色穿过窗户在壁上投得一方块儿惨白的光,那惨白的光中央印着一道人影,那是毛毡偶的影子,当然察穆哈看见那影子不由得虤虤然,他忽地坐起身,但立刻间纹丝不动了。

"苍天,阿拉——穆斯——"

"别害怕,察穆哈,是我,你们卫拉特蒙古部落供奉了四百八十一年的翁衮,就是你们家壁龛里的毛毡偶。"毛毡偶斜过身,这回我也瞧见了她那一张白如玉的女孩面孔。她赤裸着身子,米汤色月光裹着她,衬得她整个人如一团透明的气体。

"察穆哈,她不是阿拉穆斯,不是那个丑陋的,要和男人们交媾的女妖。"我这样说,因为心花怒放,我难以控制万分的激动与焦急,我早已忘记了我的嗓音对察穆哈如蚊鸣。他痴痴地盯着女孩,像是一潭死水。

"察穆哈,你得给我穿件袍子。"女孩说。

　　察穆哈木然地滑下炕从躺柜里捣腾出一件灰色袍子递给女孩。我的心绪稍许缓过来了，我想挨近女孩，但又有些不知所措，我拘谨地攀到察穆哈肩头。

　　穿了袍子后女孩行走如云，宽松的袍子抖霍霍地随着她的举动而舞荡。她那拖地长发，松松地垂在身后，在晨色里泛着青光。还有她那张缩小的月亮般的脸上镶嵌着一双如驼羔般清亮而透彻的眼珠。

　　察穆哈仍傻傻地愣在那里，屋内弥漫着令人窒息的芳香。多少年没有过女人芳香的小屋，似乎也复苏了嗅觉和知觉，我感觉整个屋在摇摆。

　　女孩走到苏和图他们睡觉的屋门外，轻轻地推开门，然后站在屋中央。屋内鼾声如几个风口袋，这个响完，另一个接着响。

　　"喂——你们醒醒。我是毛毡偶。"女孩来回走动着，接二连三地大声说。

　　扎穆图第一个睁开眼，他折起身，看见女孩后，打哈欠的嘴张到半圆后停顿，眼睛睁圆，茫然地盯着女孩。

　　"噢——阿拉——拉——穆斯——我说过这个妖怪会来。我拴了红布条，却没能唬住她。"布哈图谩骂着去掏腰上的匕首，发现自己光着身，腾腾地下了地去找匕首。

　　"我不是阿拉穆斯，我是毛毡偶，就是你们卫拉特部落世代供奉的翁衮。你们难道不相信我的话？"女孩的嗓音略带沙哑，她讲得很快，仿佛担忧男人们听不懂她的话。

　　"经你们部落四百八十一年不间断的供奉，如今我终于显身了。我活过来了，难道这不是你们渴望的结局？你们不是一直在祈祷着我、守护着我？"女孩睁大眼，疑惑地瞧着眼前的每一位。

　　"他们以为你是阿拉穆斯，那个传说中的女妖。"我悄悄地对她说。

　　"我不是阿拉穆斯，那个你们传说故事中的女妖。我是你们卫拉特部落的翁衮，虽然部落里只剩下你们几个男人，但是你们的祖先赐予我生命，所以从今往后我要和你们生活在一起。白天里我会躲到壁龛间，只有到了晚上我才会显身。"女孩眨着圆嘟嘟的眼睛缓慢地说，她似乎对这座极其简陋、灰暗，破败而贫穷的屋舍有着最淳朴的喜爱。

我悄悄地走到女孩的身后，抚着她长长的头发，我不知道用什么来表示我的喜悦之情，她是多么纯洁而高贵。

可是许久间无人搭腔。

弟兄五个面面相觑，面露傻气，闷头闷脸，好似被霜打蔫的麦芒，或许他们真的是没有准备好，当翁衮真实地出现在他们眼前时，他们要如何面对。

翁衮显身后的第一个白天里，弟兄五个一个比一个反常。

察穆哈早早地走到后隰地，用指头撅得半截枯死的甘草后，躺在草丛间，不停地嚼着甘草，像一头被牛群遗弃的病牛一样在那里待了一整天。

布哈图忘记了要干什么，他无所事事地离开家里，到了老树下，然后攀上去，在那里待了一整天。苏和图昏睡了一天，到了傍晚时他才清醒。扎穆图跟着羊群到了沙甸子，他老远望见了红脸女人，就向她走过去，走到一半儿，又折回来，然后又走去，但又折回来，他就那样来回徙倚中送走了一天。

傍晚间，女孩来了。她迈开她那双娇小的，如两片牛舌一样的小脚来回走时屋里荡漾着一种令我感到眩晕的闷热，多少年被烟雾熏得黑乎乎的椽子榫头突然松动，嘎嘎直响，仿佛整个屋子就要塌下来。一直被几个光棍男人汗味熏臭了的屋，渐渐被一股潮湿的、黏糊糊的，雌性的味道填满。

五个男人，依次浅坐在炕头，脑袋顺着女孩的移动而移动。他们屏声息气，不用去看他们的脸，也能知道他们神色踟蹰。

"神风，你说，他们这是怎么了？为何对我这般地冷漠？难道他们不是一直期待我的到来吗？"女孩有些伤感地问我。

我不知道，我真不知道，我猜不出五个弟兄为何会如此冷漠。他们不是一直祈祷精灵的出现？

女孩面露怆然，她忧伤地看着弟兄五个一张张呆滞、彷徨、冷漠的茶锈色面孔，她从那里嗅到了一种生了腐气的，类似于死亡前的衰败，这一点不由得叫她打寒噤。

女孩悄然走出屋，向着原野走去。天地昏黢、岑寂，女孩的影子隐入一片混沌中。我不知道要跟着她走，还是留在屋里。她此刻的无助与挫败有多深，只有她自己懂。毕竟，她与弟兄五个横亘着四百八十一年。

我猛地吹了一下蜡烛，以此来提醒有人得出去找女孩。察穆哈第一个反应过来，他走了出去，正当向女孩消失的方向走去时，远处亮出一道灰白的光，女孩向这边走了过来。

"是你吗？那个乖戾的叫声？"待女孩回来后，察穆哈问道。

"是我。"

"那么，你一直在我们的周围？"察穆哈这是鼓足了勇气在问，他的嗓音低沉而断断续续，几乎要哭泣了。他鞠着身，仿佛要跪倒在女孩脚底下。

"在你们的心目中。如果没有你们的祈祷与供奉，我是不会活下来的。"

"我一直以为你会是一个年迈的老额吉——"苏和图脸上没有任何的表情，他的语调也没有察穆哈虔诚，他用一双很难言语的眼神盯着女孩，他看红脸女人时就用这种眼神。

"或者是一个什么天上的影子——"布哈图也加了一句。

"我觉得你就是阿拉穆斯——"扎穆图突然说。他的这句话惊得屋里所有人瞬间停止了呼吸，他们扭过头看着他，等待他继续说下去。

女孩忧伤地摇了摇头，又忧伤地抿嘴苦笑。

"你们或许信她这个女人的一派胡言，但是我不信。"

"你怎么能不信她的话？你难道忘了咱是最后的几个——？"察穆哈问弟弟。

扎穆图没有搭腔，他愣愣地站了片刻，走了出去，并且狠狠地摔了门。布哈图站了片刻，也悄悄地走了出去，接着是苏和图。没一会儿布哈图也走了出去，屋里只剩下察穆哈和女孩了。我躲到一角，我感觉什么正从我身边消失，而且势不可挡。

察穆哈埋着头，因为痛苦与无奈，他的脸色显得苍白而浮肿，他微闭着眼，纹丝不动地坐在炕头。

"你就睡在我的屋里吧。"察穆哈的这句话不像是他说出来的，而是整个屋替他说出来的，因为听起来低沉而缓慢。

"这里究竟发生了什么？"女孩问我。

"我不想骗你，可是，我自己也不明白。我以为他们会喜欢你，我还以为他们甚至还会吻你的脚尖。"我心里难过极了，所以我每说一句话都要停顿下来。

许久后，察穆哈缄默着走了出去。

屋外，夜色安恬，月光如铺散的薄雾，将四周映得朦胧而幽暗。

多年后，当我遥想空无人迹的马囊图沙窝地时，我总要忍不住想起这个夜晚。准确地讲，那个夜晚一直在延续。

那夜，察穆哈走出家门，然后毫无目的地行走。他走到风蚀林中，他坐在那里的一块儿矮小的石头上呜呜地哭泣起来。哭了很久，足足有半个夜晚。后来，他站起来，向远处望去。他听到了一声悲怆而尖锐的呼喊声扩散在寂静的高空里，且久久不得散去。

他向着那呼声走去，走到家门口，撞开门，他看见女孩蜷曲在炕角，浑身赤裸，正哀伤地哭泣。女孩身下摊着一地黏稠的，散发着腥臭味的血。那血沫子上，印着足印，斑斑驳驳地成了一道歪歪的小径，延续至隔壁的屋门。

女孩被察穆哈四个弟弟蹂躏的那个过程我真是不忍心去回忆。他们揪着她的头发，睁圆眼，他们没有笑，而是痛恨地撕碎她的长袍。女孩没有哀求，她只是哭泣，那泪不是一两滴透明、滚烫的液体，而是一汩汩鲜红的、黏稠的血液。

他们知道怎样才能将疼痛持久，他们学着阿拉穆斯。还是不要叫我回忆吧。

察穆哈明白了发生的事，他咬着牙，沉着脸，走到耳房门口，操起他用来掏甘草的铁锹撞开弟弟们睡觉的屋门。那里连绵起伏的鼻响，震得小屋尘土飞扬。他对着炕头的三个脑袋，逐一砍下去。第一个脑袋落下去，哧溜一声，血喷溅而出。那个落下去的脑袋似乎呼出一声什么尖锐的呼喊，没等那呼喊消散，第二个脑袋落下去，接着是第三个。三颗脑袋相互撞着躺在地脚中央，六只眼乜斜着，三张嘴歪撇着似乎要露出惬意的痴笑。察穆哈气喘吁吁，他走了出去，锹刃上滴落着一股血，在他身后印出一条细长的血踪。布哈图睡在另一间屋，他大概是听到了隔壁屋的尖叫声，但是他醒来后只是翻转身继续沉睡去。

一道寒光旋下去，布哈图脑袋从炕头滚到地脚中央，他眨着眼，似乎感觉不到一点的疼痛，嘴角向上翘着，像是要说一句什么感激的话。

察穆哈干掉了四个弟弟后，走到外面，这时他的鼻眼开始抽搐变形，嘴唇往前凸起，越凸越长，牙齿也从牙床上向上蹿，他只感觉腮帮往前抻，一阵阵剧痛使他扑地跪倒，十指挠着地面，痛苦地号叫。

许久后，察穆哈踉踉跄跄地，扛着那沾满血的铁锹向阴茎石走去。

不要叫我回忆吧，那个亘古之前的夜晚，那个毁灭之夜。我目送着察穆哈，我知道我和他分别的时刻已经来临了，我去扶女孩，她哭干了泪，在我的扶助下，蹒跚地走到屋外，痴痴地、陌生地望着深不可测的幽暗。残冬的高空里，一轮残月垂着万千个残帘。风凄凄楚楚地鸣唱，唱着千古年来无人能破解的歌谣。

那一刻我俩离开了马囊图沙窝地，一路漂泊回到了山林深处的山坳里，四百八十一年前我俩相拥的那片山坳里。

当然，我俩走了后，马囊图沙窝地还发生了一些事。比如，那夜，红脸女人的丈夫死了。早晨里，红脸女人将丈夫的尸体裹进牛皮里，放在牛车上，牵着牛车送到沙窝地埋掉。在她回来的路上，望见阴茎石已坍塌，倒地的半截下面压着赤身裸体的察穆哈，他的模样完全变了，变成一个龇牙咧嘴、青面獠牙的，那个传说中的阿拉穆斯的丈夫，只是在传说里，阿拉穆斯的丈夫死了有几千年了。

红脸女人在那里停顿了片刻，然后离去了。她缓慢地行走着，风吹过来，卷着一股呛鼻的、生了霉毒的、潮湿的血腥气。

如今，在茫无人烟的马囊图沙窝地果真有了阿拉穆斯，听说她总在寻找一个叫卫拉特蒙古部落的男人，抑或女人。

然而，我希望那只是个传说。

耳　语

　　辣辣的阳光下，是一张红红的脸，红红的脸上沁着亮亮的汗粒儿，汗粒儿下是一个瘦瘦的男人，瘦瘦的男人有一双让人感到束缚的眼。一旁小孩见了男人，立刻收了笑，将小小的脸绷紧住，逃去。男人拿眼追小孩，小孩在石头上绊倒了，回过头，冲着男人哇啦号哭，好似男人从他后面踹了他一脚。男人把眼收回来，向身后看。他看到了他的妻子。男人盯着妻子，用他那生满茧子的手掌撸几下脸，把黏糊糊的、烦人的汗粒儿撸没了。这几秒，他觉出妻子身上有了从未有过的惊艳。她身袭镶了银边的藏青色袍子，衣襟处缀着三枚银色绊扣儿，三枚扣儿像是从她丰满的胸脯间逃出来的乳头。她还缠了一条绿纱巾，将乌黑的头发箍在里面，把自己拾掇得从头到脚冬雪似的清清爽爽。她正和旁边的女人说了句什么，两人笑得前俯后仰，虽把嘴捂住了，但那笑声岂是能掩住的，咕咕的，周围几个扭过脸去，朝着她俩看。她俩倒也不拘谨，相互挨得更近了，又说了几句话。这下两人不得不把彼此丢开几步，把那场笑进行到底。

　　男人轻轻地笑了，他猜不出妻子和那个女人究竟讲些了什么话，居然能如此欢快。有人趔趔趄趄地走过来，向两个女人摆了摆手，走过去。他是马夫，从三岁到五十岁，几乎在马背上"开炉起灶"，硬是把腿骨弯成两片月亮。男人发现马夫与他妻子一样，身着罕见的新装：一件牛舌色新袍子，腰间箍着猫眼色腰带，脚踩一双马鬃色靴子，那靴子显然是大了，走起路来缠脚，每挪一步，整个人都得左右摇摆。

一阵风拂过脸，把一股子肉香灌进男人鼻腔间，接着那香自投绝境似的钻进男人的胸腔。男人把眼从马夫身上引渡到另外三个男人身上。他们正端来马槽一样的木盘，盘内叠摞着烤牛。虽然经过了火燎，牛角却还在，甚至牛眼都透亮透亮的，像活着时一样。牛额头上放着一束红艳艳的花，用缎子扎的，阳光下红得扎眼。男人认得那头牛，前一天他还抽过它一鞭子。这头牛有着牲畜不该有的毛病，那就是它不喜欢从石槽里饮水，而是非要把水桶吊到角上，像个朝天仰脖子灌酒的男人。这是犯了忌的，冲着天，大大咧咧地灌酒的是男人，而不是一头牛。牛再拗，能拗过一个男人？就该抽它几回狠鞭子。男人回头看了看妻子。妻子已经止住了笑，脸上红彤彤的。男人突然觉得妻子也该吃几下鞭子了。虽然，他从未给她吃过鞭子。但是，好几回，他真实地想过要给妻子吃鞭子的。

三个男人抬着烤牛走去了，一群孩子跟在后面。有一个小的从木盘下钻过去，被一只脚踢了一脚，跌倒了，六条腿跨过去，男孩在六条腿间逃窜，倒也忘了哭。一个很胖的嫂子模样的女人走过去牵住男孩的手，大声说了几句。那男孩吐了吐舌头，把眼珠儿翻了翻，甩开胖嫂子逃去了。胖嫂子穿了一身驼黄色袍子，咖色腰带束得过紧，几乎成了胖嫂子身上的分界线。男人盯着胖嫂子的上身，又在很不经意间，把眼神从她上身滑到脚脖子上。他觉得，随着他的眼神从胖嫂子上身到脚脖子上的途中，他的思维跨度之宽令他自己都骇得不浅。男人认识胖嫂子，他是在她的眼皮下长大的。在那么多日子里，男人从未见过胖嫂子如此异样打扮。那姿态，简直能把往日穷苦岁月羞杀一千里之外。胖嫂子把几条项链往脖子上一挂，袍子又是缎面儿的，项链打滑，胸前就热闹了，随着她的步伐左右甩腰扭肩，叫人怎么瞅都不憋闷。胖嫂子还戴了一顶锅盖一样的帽子，帽檐上箍着一圈粉色花。男人被她的花团锦簇烫得心里焦躁，匆忙把视线移开，心下却不由得想到胖女人的丈夫或许也该给胖嫂吃几下鞭子了。

许久许久后，男人惊奇地发现，这一日很多人都穿了新袍子。好多人的袍子大概在箱子底下压了太久了，折痕都有了骨感，被风吹了半多日了，还是依然清晰触目。就连那妻子死了多年的老驼夫也穿了一身猩红色，上面滚了一层白花的长袍。只是他的袍子太薄了，不见风吹都水波一样在他身上乱颤。驼夫从来都是喜欢一人走来走去，今日也是如此。敖包前聚来三五百人了，驼夫却与谁都不搭腔，仿佛没看到他们。敖包南端平地上，拴了一溜马，马鬃上扎了彩布条，在似有似无的风中像水上柳似的垂荡。

端着烤牛的人已经上了敖包上，那里聚集着十多人，有人点了指头粗的香，那里便云雾缭绕了。空气里弥漫着浓郁的香。敖包山上有风，扎在敖包石头上的哈达随风舞着身子。从那里往上看，便是蓝蓝的天空了。

几个孩子争先恐后地冲向敖包山，有一个本来能快跑起来，只是身上的新袍子绊脚，他只好像腿脚受了伤的鹿一样，颠簸着追上去。

敖包山山脚，坐着三五个面色苍老的妇人。三人对着太阳坐，身上的缎面袍子把热都吸了过来，三人坐着几乎成了三口烤锅。然而，三人也不挪身。对于她们来讲，这点热和这点闷又算不得什么。牧羊人的生活，哪天不是这么过来的？妇人们的眼睛瞅着远处，偶尔谈几句，声音低低的，好似几只绵羊在那里卧着。一个穿着葡萄色纳锦坎肩的女人走过来，撒着娇坐到妇人们跟前。一会儿又来了一个身着桃粉色长袍儿、束淡绿色腰带，脚踩枣色靴子的年轻女人。不远处，走着十多个很年轻的男人和女人，身上也穿得鲜活，一张张传统的牧羊人的脸，但是迈出的步子却不是在草地上走了很多年光景的样子。他们走起路来习惯把脚拖着往前迈，这点与原野地的牧羊人是不一样的。原野地的牧羊人在草地上走路，从来都是抬着脚走的。草缠脚，拖不得。很显然，这几人是从城里来的，拴马桩那边有几辆车。

女人们遥遥地望着敖包山山顶，按这里的风俗，女人们是上不得敖包山的。

比起人们身上的颜色，草地上的颜色却逊色很多。初夏季节，草地上还没下过一场大雨，甚至也没有下过一场像样的小雨。敖包山像个硕大的乳房，在方圆几十里平坦的草地上兀自凸起。敖包山半腰有几株野槐，树上挂着几串肩胛骨。起风的日子里，所有肩胛骨都会噔嗒嗒地响起。山腰上几乎没有绿色，有几丛沙棘，无精打采的。接近草地的时候，倒也有了一片小绿洲，那里藏着活泉。

望着眼前的一派浅绿，谁都会猜出，这一年的夏季又要遭受干旱了。当然，所有牧羊人都在心里默默地祈祷，他们都知道若在祭敖包这一日飘来一场雨，那么，整个夏季便不会遭殃。

来敖包祭拜，等于是向苍天祈雨。

祈雨的时候要穿得光鲜，这是对神的敬仰。

喇嘛在山顶处吹起了海螺，悠悠的海螺声灌得原野地滋生出一种说不出的忧伤。敖包山的祭祀开始了，山下的人们朝着敖包顶眺望。一会儿传来比海螺声更为沉闷的声响，那是长角声。喇嘛们穿了枣红色喇嘛服，在灰白的敖包山上很显眼。从敖包山下看，他们在高处，在毒辣辣的太阳下，好似一不小心便会被烤焦，甚至会爆裂。

　　有人已经从山脚处，向着山头磕首了。一会儿更多的人开始磕首。从不远处看，曲下身磕首的人们的背影，向着山蠕动，一点点的，像个虫豸一样，慢慢地攀爬。

　　一会儿，行完了磕首礼，人们坐在一起，开始聊起来。他们在等着从山上送来的肉。祭祀过后，山上只留牛首，其余的肉是要分下来大家一起吃掉的。那是神的旨意，那是来自苍天的贺西格（福禄）。

　　那几个老妇人再次坐到一起。她们抬头望起天空来，长长久久的，她们在看雨，但天空里依然是碧空万里。

　　突然，有人走过来，凑到一个老妇人耳朵跟前说了句话。老妇人听了，愣怔片刻，接着把嘴凑到一旁的女人耳朵下，讲了句什么。那妇人伸过脖子，向着东边望去。那里有一拨人外，还有几辆车和十多峰骆驼。这时，妇人身后的一拨人中，有人挨住一旁的人，轻轻地对着那人的耳朵说了句什么话。听了的人立刻走过去，对着另一人也讲了句耳语。接着，一圈人相互递耳语。一会儿一拨人分开，各自奔走着传递耳语。一个五六岁的孩子缠着父亲要把那耳语讲给自己。但当父亲的却对着孩子呵斥一句，孩子便缩到一边去了。不过，那孩子也对着另一个耳朵说了句什么。

　　马夫急匆匆地向着山顶上走，他要给山顶上的喇嘛们把刚才听到的话传去。几秒前，驼夫悄悄地凑在他耳朵上说了句话。如果是别人，马夫是不会这般坚信不疑的，但是驼夫与其他人不一样。在这片原野地所有人中，谁都信驼夫的话，因为他从未撒过谎。他是比骆驼还诚实的人。驼夫目送着马夫，高高的颧骨上泛着黑亮亮的光。方圆几百里，没有一个牧羊人的颧骨比他的高。有人说驼夫一定在这个原野地存活了好几个世纪。他身板儿高大，声音又洪亮，如果不是有一个温和的性格，他只要把眼睛瞪圆了，准能把孩子和女人吓哭。马夫走到一半，遇见了男人，凑过去给男人耳朵说了句话。男人听了，脸上立刻有了种惊疑的神色，他皱紧了眉，不知所措地立在那里。他像是在琢磨马夫对他讲的话。

马夫走到半山腰，那里有人挡住了他，凑着他耳朵说了句话。马夫点点头，丢开那人继续走去。

男人慢慢地往山下走，他目不斜视，直直地在人群中盯着自己的妻子。他的妻子早已不笑了，这当儿正与四五个人聚在一起，一个给一个耳朵里讲着什么。她们的神色慌张，好似听到了从未发生过的荒唐事。

山脚下已经安静了许多。先前说话的，笑的，来回走动的人，都把声音放低了，甚至好多人闭嘴不说话了。马打了喷嚏，都听得清楚。一个脸上有伤疤的男人先是在笼着袖子站着，满目的悠闲，然而当有人凑过他耳朵说了句话时，他却不由得拿手摸了摸脸上的伤疤。

马夫已经到山顶了，片刻后，山上也立刻安静了。山上的人缄默着往山下走。这时，山下的人们突然躁动不安了。东边拴马桩那边的几拨人，只往西侧走去。有的还唯恐不快，跌跌撞撞的，好似在不动神色地逃离什么。有人回头看了看，又加快步伐。人们这才朝着东边看。

东边，一里地外草地上，出现了一个黑点。渐渐地，黑点变得清晰了，是个人影。

人们聚到西边，着急地往山上看。山上的人往山下走，喇嘛们走在前面。时不时向着东边望去。东边的人影在一个凹地里颠晃着，若隐若现。

孩子们也不能追逐嬉戏了，他们被各自的母亲父亲拽到身后，有的还叫大人拧了脸蛋。孩子们不知道发生了什么，只是乖乖地顺着大人们的眼神往东望去。可惜，他们的个头太矮了，根本看不到东边有什么。

男人走下山来，走到妻子身边。妻子见了男人，眼神躲闪着，好似为先前的嬉笑表示歉意。人们静静地向东眺望着，人影越来越近，越来越清晰。一个婴儿，爬来爬去，抓一把沙子往口腔里塞。孩子的母亲从孩子口腔里抠沙粒儿，孩子哭了，哇啦哇啦的，把寂静打破了。孩子的母亲慌了，猛地把孩子一晃，孩子立刻止住了哭。不过，很快又号哭起来，比先前还急切。

男人皱起了眉头，他的个头很高，在人群里很是显眼。有人往他身后躲，他却往前走了几步，这么一来，所有人都在他身后了。男人认出那个人影是羊脸女人，那个拿鞭子抽自己男人的女人。他咬了咬牙，觉得手里该有一把鞭子。

渐渐地，所有人都缄默了，安安静静的。有人悄悄地把脸挨到旁边的人耳朵下，像吹口风一样说了句什么。听的那人赶紧把嘴捂住。

人影已经很清晰了，只剩半里地远了，人们也确认那是谁了。那人身上大概是穿了灰色短衫，黑色裤子，以及头上缠了棕色头巾。那人慢慢地挨近，人们也一点点地往后撤。好似那人忽地一跨大步，便能到跟前。

这时，有人突然朝着天空指了指。

也不知是何时，天空升来几片蘑菇云了，云下拖着高高的黄尘。人们立刻知道，要起黄风了。在这片人烟稀少的原野地，每年的春季总要遭受黄风的肆虐。黄尘慢慢地膨胀，仿佛一张大大的嘴正躲在某处，慢慢地吹起尘土。黄风来时静悄悄的，很是乖巧懂事的样子。然而，谁都知道，当黄尘真的铺天盖地地降临了，黄风里又是能听到各种怪异的声响。

人们向敖包山山顶望去，黄风已经吞噬了那里，根本看不见山顶上的一切了。天空也是一半湛蓝，一半米黄。

人影的后面也是升起了黄风，这么一来，人影显得比先前小了许多。几乎是紧贴着地面了。可是，那人影一直在靠近。人们本想再往西撤退，可是，西边早已也是万丈的黄尘。

沉寂，连马都不打鼻响了。人们更是立在原地，一动不动。

飕飕地，草梢头有了些许的响动。紧接着是，有人走动了，发出楚楚的踩踏声。

东边，黄尘摇摆着身子滚过来，就在人们想张望中，把人影隐去了。人们这才醒过来一样，动起来。有人冲着拴马处疾步走去，有人迎着喇嘛们走去。很多女人把手摁在头顶上，好让头巾不被越来越急的风卷走。孩子们挣脱开大人，在风里疯玩起来。但是，与先前相比，他们似乎也感到了一种威慑，不敢大声呼喊了。

山上来的人给人们分肉，人们急匆匆地接过去，匆匆地往兜里装。黄风越来越稠密了，最后，什么都看不到了。有人大约是找到了马，却分不清方向，只听到马蹄声，以及马受了惊吓似的嘶鸣。

陡地，在黄风里什么东西闪了一下，又落下去了。不一会又有什么随风旋转，仔细瞧是一件红色袍子在飞。接着一双靴子，还有长长的头巾。有人尖叫，有人呼喊，但是在黄风里，那呼声和尖叫声变得嘤嘤弱弱的。黄风仿佛要耍尽威猛，狂卷着身段，让人们挣不脱。

羊脸女人来了。

黄风中，她看不清敖包山的模样，但是她跪下去，磕首。她没有看到谁，或者看到了装作没看到。羊脸女人是沙窝子地人给她起的名字，五年前，她邻家的牛群把她家围栏捣坏了，还吃掉了她家半个草甸子的草。她男人找邻家男人论理，谁知，邻家男人把她男人抽了几鞭子。羊脸女人的男人是个病秧子，吃不住这几鞭子，挨过几个月后去世了。羊脸女人发了狠，拿镰刀对着邻家男人的胯裆劈了一刀，这一刀下去，把邻家男人的胯裆给劈出血来了。邻家男人三十出头，还没娶过亲来，经她这么一劈，劈出病来，直到如今也没娶来亲。有人说，是羊脸女人把邻家男人给劈坏了。在沙窝子地，从未发生过如此天理不容的事。

　　沙窝子地历来天高地远，人烟稀少，养活一个娃是一个娃。然而，羊脸女人居然把一个男人给劈坏了，这等于就是把一个，甚至把几个娃子给灭掉了。单凭这一点，沙窝子地人不再叫羊脸女人参加祭敖包祀了。也是经这事后，人们叫她羊脸女人了。一个人，长着一张牲口的脸，就该待在一个隐形的圈子里，无论如何是不能跑出圈子的。更何况，神圣的祭敖包仪式，容不得她来玷污。

　　许久后，黄风散去了。敖包山依然屹立在原野地上，顶上的牛头冲天凝视。只是，不见了任何一个人的影子。好似，黄风把他们都卷走了。

　　咩咩咩——

　　忽地，传来一声羊叫声，只见，山脚下，一只花脸绵羊在孤零零地叫唤。

苍青色长角羊

一

那只羊叫了几声，逃去了。逃远了，驻足回头，又叫了几下。咩咩——第二次比第一次拖长了，长长久久的，仿佛在呼喊。母亲朝那只羊望着，长长久久的，任咩叫声毫无回应地在沙窝子地游荡、四散、沉寂。谁都猜不透，那只羊是如何钻到围栏那边的。它的角大大的，在它窄长的脑首上扎住根后，直直地冲天攀，长长久久的，几乎能插到云中，搅拌搅拌，搅下一场雨来。

若真能搅下来一场雨，那该多好，我们就不会为几株草的衰败而黯然了。

"它吃了它的草。"我说道。

"它的？围栏那边明明是我家的草场，咋就是它的了？"

"那点绿滩子，是我家的，你哥说过。"母亲的语气犹犹豫豫的，好像把话说得过于果断了会惹姑姑恼火。

"我哥？你拿死了十五年的人来堵嘴？"

姑姑抱起怀，将两枚可以切出半盆肉馅的大乳房挤成一上一下的。

她脚下踩着窄口长脸的高跟鞋,鞋跟儿插入沙子,鞋尖翘起,整个人斜斜的。从我的角度看,姑姑完全是冲天喊话。

"你哥——他,活着——哩。"

母亲的话音零零落落的,却又密不透风地把姑姑的话掩住了,姑姑没好气地把脸扭过去,她顶烦母亲浑身的苦凄样。姑姑是来论"理"的,是要拿鞭子抽死那只长角羊的。

四周静悄悄的,沙窝子地被夏季暖阳烤得惨白惨白。一溜歪斜的羊蹄印留在沙包子上,姑姑的鞭子扔在一旁,鞭梢挂着几丛毛,青灰灰的,那是长角羊的。母亲走过去蹲下,从鞭梢揪羊毛,一下又一下的。可是母亲的指头笨笨的,捏不住羊毛。她那手,一年四季地肿着,鼓鼓囊囊地,一抿一小坑,像是太阳下暴晒过久的羊血肠,红皮儿红瓤,积着母亲身上最浓稠的血液。我凑过去,一抓,便抓下羊毛来。

"迟早一天,咱得有个了断。"

姑姑把话往死里拖。我把抓下的羊毛塞给母亲,母亲揉巴揉巴揣进兜,她不接姑姑的话,眼睛瞅着不远处的木桩子。从木桩子向这边,延过来一道围栏,向北延过去一道,我们三人站在两道围栏之间的沙包子上。姑姑与母亲论的"理"是,这根木桩子究竟是不是两家草场的分界点?如果是,这片沙包子地一半儿是姑姑家的,一半儿是我家的。如果不是,重新确定。谁知道地界点准确位置?十五年前分草场时,父亲在两家地界点置了三块儿红色牛石头。时至今日,石头已不见影踪。可是,虽然地界石不见了,母亲却一口咬定地界点在沙包子南端,因而长角羊吃的那点绿滩滩是我家的。姑姑则刚好相反。

"既然地界点在那边,当初拉围栏时你干吗不把木桩子埋到地界点上?非要留个豁子,扯下一堆的麻烦?"

"那时沙包子高嘛,没法儿埋杆嘛,沙尘暴一来,就把杆子吞了。

我寻思吧，过些年，等风吃去一半的沙包子，再挪木桩。"

"风吃去沙包子？亏你还是个沙窝子地人。是风在生沙包子，若不是风，哪来的沙包子？"

姑姑越说越愤愤，眼神如刀片，往母亲身上哗哗地乱削一顿。

"那年，伊玛呼还在肚子里时他爹给我指过地界点——"

"伊玛呼"（羊儿）原本是我的乳名，如今已成了我的姓名。

"我还在羊圈里，来不及回屋，跟前半个人都没有，你嗷嗷地哭，我又挪腾不了——豁了嘿，它来了，一口咬住了脐带——"母亲口中的"它"便是这只青灰色长角羊。此刻，它还在那边矮坡上立着，像只猎犬一样远远地守候。

"拿死的堵不成，拿活的？"

姑姑冲我扫了一眼，那眼神好比是夹板，夹走一个温顺的我，留下个叛逆的。我走过去横到母亲与姑姑之间，以此来宣告我的"怒气冲天"。

木桩底部已被风吹出来了，如果不立刻挖坑填埋或者挪位置，木桩就会倒下。木桩倒了，整个铁丝围栏也会倒，围栏倒了，我家的羊群或者姑姑家的羊群就会从上面跨过。那结果是，不是我家的羊吃了姑姑家的草，就是姑姑家的羊吃了我家的草。

在沙窝子地，别人家的饭可以多吃几碗，别人家的草却吃不得一口。在这里，各家靠着各家那点草丛稀疏的草场过活。过得快活与过得不快活，得由年景来定。假如，遇个丰年，草长得密，也就没人把草当稀罕物了，那种"多吃一口是祸"的事自然就不存在了。但是，遇个年馑，草变得稀罕了，日子就摆到单薄的草梢头上，风吹不得，雨淋不得。

偏而，在沙窝子地，丰年很是少。因此，人心也一年比一年的饥馑。

"我家的草，我家的羊还不能吃几口了？"

母亲的语调低沉而悲伤，像是质问自己。

"把眼睁大了瞅，是谁在剜别人家的？"

沙包子光秃秃的，寸草不长。四周有灌木丛、沙竹儿，虽长势不好，却也疏疏地吐着绿，将沙包子围于中央，当作孤岛。眼下，这孤岛成了母亲、姑姑与我三人的舞台。

姑姑的话尖尖的，见缝就钻。

"我那青毛羊老了，吃不住你的鞭子。"

"老了？吃不住了？我看，牲口老了也能人似的活成个精。"

往家走的路上，母亲咻咻地擦了一路的泪。我跟在后面，把那一连串的"咻咻"接入耳郭子，再从那里往里塞，添进脑壳，最后挤入骨髓。母亲的步伐很宽，她的两步，顶我三步。为了不被母亲丢下，我一路颠晃。

没多久，母亲把围栏往北挪了三十余步，将那沙包子空了出去。第二年，姑姑家也用铁丝圈住了草场，也把那沙包子空了出来。姑姑家圈围栏之前，母亲到沙包子南端刨坑找牛头石。母亲认定，是沙子吞了石头，把沙子撩开，就能看见石头。她刨了十多个腰深坑，却未见石头。当母亲刨坑时，姑姑站到沙包子上，居高临下的。母亲朝姑姑招手，姑姑却僵住了似的不动。云缝里射来一道阳光，直直地落到母亲脸上，叫母亲瞅不清姑姑的脸。从那之后，很多年，母亲与姑姑未曾见面。

姑姑家拉了九层铁丝，不单单把长角羊的嘴堵住了，也堵住了母亲。母亲不再去刨坑找石头了，对她来讲，那九层线太高太密了。

二

已有三年，我家母羊们没给母亲生下一只青毛羔子了。听母亲讲，从我高祖父那一代人开始，每年腊月二十三，拿青毛羊胸骨祭火神。三年之前，我家母羊每年能下个一两只青毛羔子。母亲伺候孩子似的伺候它们，在她眼里，它们是来自原野地的魂灵，不是单单的牲畜。可是，三年之后，母羊们好似忘却了分内事，一只青毛羔子都没下。

我端着一碟祭灶饭走向大爹家，"腊月二十三近亲间送祭灶饭"也是从高祖父那一代传下来的俗儿。说实话，我顶烦这个。母亲却当"盛事"来过，只可惜，每次到最后，"盛事"总落个"寡欢"。但母亲从不动摇。

这天，母亲大清早地起灶烧火炖胸骨。等朝阳爬梁头时，胸骨已被母亲捞到盘子里了。我在一屋子的肉香中醒来。母亲叫我勤快些，我却自作主张地慢条斯理起来。

母亲用父亲留下的短刀剔胸骨肉，刀太小，完全不像个男人的物，而母亲的指头又太粗，且透亮透亮的。假如刀舌稍偏个方向，就能把手指头划破。那样，血就会喷出来，溅到胸骨上。这么一联想，心下怪怪的、七上八下的。剔完胸骨肉，母亲用五色纸线缠扎，塞入灶膛。

灶膛里一阵嗡嗡响。母亲跪下冲着灶口叩首，叩三下，缓缓的，叩一下，祷告祷告，叩一下，祷告祷告。我也叩首，一下、两下、三下，鸡捣米似的快。

从我家到大爹家需要迈一百三十六步，当中有道围栏，那是我们两家的地界线。长角羊送我似的跟到围栏前，然后，用一双苍老的眼睛盯着我，它知道我跨不过这道六层围栏。见我来回踱着找"缝口儿"，它轻轻地叫了几声。它这是在给我鼓劲儿。

"伊玛呼，又钻围栏了？哎哒，钻来钻去的，钻成个窝背老头呀。"

大妈说话时热火朝天，嗓门高、语速急、噼里啪啦的，叫人接不住。不过，这席话大妈也没想让我接住，她冲着我讲，眼睛却对着我身后的某个空间。很多年之后我才明白，这席话是讲给我母亲听的。大妈知道，这当儿母亲的耳朵在一百三十六步之外支棱着呢。

"哎呀呀，这么冷的天，还走这么远。"大妈接过碟子，惊惊乍乍地：

"哟哟，这肉、这黄米、这枣，各是各的，不沾亲带故的。"大妈边讲边捏走几粒葡萄送进嘴里吧唧着，扭头对着大爹喊，"你弟媳的饭还真是有嚼头。"

大爹不搭腔，眼角的光从我脸上拂过，匆匆忙忙的。大妈叫我坐到凳子上吃碗茶，凳子不高，我刚坐稳，大妈却说："高不高？高就坐炕头吧。"见我拿起碗吹热气，大妈追一句："碗大不大？大了给你换个小的。"这时大爹终于发火了，朝着大妈低吼：

"闭嘴！"

大妈听了，哼的一声，脸上的笑都死了，掉下一地的笑壳儿。

送过大爹家的，得送姑姑家的。姑姑家在我家草场南端，到她家得走四里地路。临走，母亲叫我绕弯子抄路走，免得钻围栏。可我却偏不。母亲只好把我身上的羊皮袄子换成棉花袄子。母亲担心铁丝钩住羊皮袄子，将我牲口一样空吊。

母亲的担忧没有落空，我真的被夹到铁丝间动不得了。我的脑袋和一条胳膊在那端，剩余的都在这端。使劲使劲地挤，肩头被什么东西卡住了，咯吱咯吱响。向后抽，下巴处横过一道铁丝，冰凉凉的。拧巴拧巴，把能动的关节都操练一遍，还是无济于事。

冬天的天空蓝蓝的，阳光洒满沙窝子地。可是，空气却很冰。身上的衣裳被卷到一处，露出肚皮了，风在那上面恣意撒野。朝四下看，除了寂静，啥都没有。朝铁丝处看，一层一层的，如同横着的琴弦。

陡地，传来咩咩叫，长角羊来了。它来了，先是拿长长的细细的角撞了几下铁丝，我痛得叫。它停止了，来回走，最后咬住了铁丝。我钻过去了，它还在咬，满嘴的红殷殷，原来，它没牙了。

远远地望见，姑姑家灶房门敞着，我朝那里走去。进了灶房，热乎的雾气扑面而来。不见姑姑，只见雾气下的灶口，以及灶口内扑腾着的火舌子。没一会儿，雾气间凸出一张红里藏黑的脸来。我不去找那张脸上的眼睛。我将碟子放到灶台上后，倒着走了几步，我不想叫姑姑瞧见肩头上的撕口儿。

姑姑拿过碟子往一旁的铁盆翻下去掀上来，碟子空了。

长角羊从沙包子那端冲着我叫，我远远地回应：噢噢——

到了沙包子南端沟子地，我去抓几把草屑。长角羊见我在那里抓草，急促促地叫着，仿佛看到姑姑持鞭子抽它似的抽我。

到了夏天，我带你来这儿吃草——

我朝它喊。它听了，又是一阵急促促的咩咩叫。

等我长到二十一岁时，我家羊群里没有一只青毛羊了，除了长角羊。

"从今年开始不拿青毛羊胸骨祭火神了，也不再给他们送祭灶饭了。"说话时我不看母亲的脸，我怕我的眼神"抠出"母亲眼里的悲愁。

"伊玛呼，要不就跟——长角羊——借几丛毛？"母亲的语调苦凄凄的，好似口腔里含着一颗玉珠儿，稍稍粗心了，便会掉地碎去。

"它是翁衮羊。"

母亲缄默了，手往怀兜里伸，我知道她在那里藏着那丛鞭梢上的羊毛。

"决裂就决裂了吧，也没个怕的。这么多年，单单就咱家守着，大爹姑姑他们早不行了。"

母亲听了，脸上上上下下地一阵抽搐，末了，说："你姑姑从小娇惯得很，是在你爹和你大爹的肩头上长脚的。咱不怪她。"

"那又怎样？谁让她早早地嫁了那么个人家——"

母亲立刻要驳几句，但嘴张开后、被人刮了耳光似的愣着。

姑姑嫁了个什么人家？嫁了一屋子人的人家。姑夫弟兄九个，个个五大三粗的，不提别的，光吃饭就是一大景象。听母亲讲，姑姑嫁去后头一遭下厨，见婆婆切了一大盆土豆，吓得以为进了羊圈（姑姑娘家人用土豆喂羊）。没多久，姑姑便开始嚷嚷着要分家。那时，沙窝子地实行分产到户已有几十年历史了，所有的土地都有了主子，没有一块儿地是闲着的。然而姑姑却不管这个，她要过清静的日子，哪怕因弟兄多分得的草场很少，从而无法放牧足够的牲畜，她也不愿意在婆家委委屈屈地熬日子。姑姑婆家老人像是也一直在等这样的一个媳妇，听儿媳这么嚷嚷，老人家没讲二话，点头答应：

"分草场、分羊群，三千六百亩草场，分九户，一户四百亩。按沙窝子地草场规定，二十五亩养一只羊，四百亩就是十六只。"

最终，姑姑一家分得四百亩草场、十八只山羊。头几年，姑姑家的羊长得快。那是因为她婆家虽然把草场分成块儿了，可谁家也没拿铁丝圈起来，各家的羊还能"逐水逐草"地把自己喂饱。渐渐地，当各家的羊超了该有的数时，各家草场上的草来不及长身子了。为了叫草长足身子，他们开始圈围栏，不叫羊吃长身子的草。

在我六岁时，母亲也把草场拿铁丝圈起来了。比起姑姑家的"袖珍"草场，我家的草场大大的、横竖都有一派景象。草种也繁多，从入药的甘草、黄芩、沙茴、马豆、猫眼，到拿来焚燃祭祀的针茅茅、隐马马、臭柏柏，再到牲畜爱吃的沙竹儿、羊须儿、秃头儿、牛筋儿、猪毛儿等，都有。多少年来，我家的草，春是春、秋是秋地活着。把我家的羊群也养得一年年的"香火"不断，只是，我家的母羊已有三年不下青毛羊了。

三

"那边，那边，羊，吊着，铁丝上。"

母亲叫我把话慢慢讲，我却越发地吞吐起来。

"铁、铁、铁丝上、羊、羊、羊——"

母亲朝原野地疾步走去，我从后面追着，喊："沙包子西边——"

我和母亲赶到时，姑姑也来了。两家草场分界线的围栏上，吊着七只羊。一个接一个的，远远瞅去，像是故意相跟着来吊脖子的。七只羊都是姑姑家的，它们是在钻围栏吃沙葱的路上死的。原来，围栏这边长了沙葱，那边没长。风将沙葱刺鼻香从这边卷到那边，羊群抵不住那味儿。冲着那香，上刀山下火海似的扑，一扑一个准，叫九层铁丝接个正好。

姑姑与母亲之间硬生生的，互相不搭话，也不递个眼神。我走去想着把羊尸体放下来，姑姑说了句：

"那是我家的羊。"

没几天，羊尸体腐烂了。恶臭四散去，张牙舞爪的，风里疯。我熬不住那臭，吐嘴儿吐到半碗酸水水。母亲耗着忍着，不吃东西，光喝水。喝了几日的水，手上的肿大了一圈，脸上生出了肿。瞅上去，一对儿眼睛藏到脸深处了。长角羊似乎也很难熬那臭，一天到晚地往坡上逆风走。它很老了，身上的新陈代谢已错了节奏，本该春天里褪去的绒毛，到了夏末还在它身上拖着，将它裹得皱皱巴巴、毛毛茸茸的，远远望去，不见四蹄，不见脑首，只见青青的毛球上插着一对儿长长的角。它已成一颗行走的月亮了。

　　过了些天，铁丝上只剩羊骨头了。到了冬天，下过雪后，羊骨头被狐狸叼走了很多。过了几年，铁丝上一干二净了。我家草场上也不再长沙葱了。

　　羊吊死在铁丝后的几年里，我居然长了一拃身子。母亲挨住我，拿手往我头上摸，看我究竟有没有超过了她鼻尖？不等母亲把手伸得足够，我匆匆地避过去。我居然承受不了母亲近距离的靠近。见我刺猬似的缩住身，母亲的眼睛往脸深处躲。她说："赶紧给你讨个媳妇算了，不然性子越来越野了。"

　　没多久，母亲的这句话传到大妈耳朵里了。有天傍晚，大妈来家里了。她这是时隔十年后的头一回进我家门。上一回是长角羊被姑姑抽了身子之后。那次，见大妈来了，母亲叫我到外面去。等天黑了，大妈才出来，脸上灰灰的，冲我瞅瞅，走了。这次，见大妈来了，我朝外面去，母亲却拿眼将我拖住了。

　　大妈开门见山地：

　　"你要给伊玛呼问媳妇？"

　　"嗯。"母亲应着，往碗里倒茶。

　　"听说还是个捎带油瓶的？"

　　"有个儿子好送祭灶饭啊。咱几辈子都送来了，哪能到了咱这儿就断了？"

　　母亲的这话是挡不住大妈的，我们已有好几年没给大爹家、姑姑家送去祭灶饭了。不是不送，而是我家的羊群里已有好几年没有青毛羊了，除了长角羊。

　　听着母亲的话，大妈脸上滚过水波似的笑，但她不把心思往这处放，她敛住了笑，说："你跟你哥招呼过了？"

母亲抬起头，将茶水递到大妈手里，反问：

"我生的儿子，我还去问别人？"

接下来的对话基本上是"旱鸭子游水"了，死一下活一下的。然而，我发现，比起十年前，眼下的母亲不悲切、不犹豫，反而是平平静静地把话往狠处拽。

"哟哟，把你能耐的？满嘴的针尖尖。到底是守了一辈子活寡的人！"

听大妈这么讲，母亲笑了，笑得很突然，仿佛大妈冷不丁说了句哄人的话。

"嫂子，你们的那点心思我晓得。不就是想跟我分点草场吗？我啊，这些年，把话在心头腌菜似的腌了十年，咸咸的，叫我吐不得咽不下的。既然，今日您来了，我也就把话抖出来吧，您可要接住啊。我家的草场啊，不多，可也不少。可要我给你们腾？甭说是三五百亩，就是三五亩，也不可能。当初，我嫁到沙窝子地来，我就没想过要活着离开。现在，不是我一个人靠它过活，我儿子也要过活。我知道你们瞧着他很糟糕，"母亲冲我扫了一眼，继续道，"他的日子还长着哩——"

不等母亲把话讲完，大妈站起，甩过袖口，摔门走了。母亲有些言犹未尽而遗憾地望着门，长长久久地叹口气。

四

那个女的，长着一张羊脸，羊眼。温顺的，逆来顺受的。曾经，长角羊脸上也有这样的一双眼。如今，它脸上的毛发像个帘子，把那双眼遮得严严实实的，从外看不到。有时候，月亮似的它走过来，我把那帘子撩开，盯住那双井底一样的眼睛看。它深深的，静静的，等着我拿水瓢来舀口水喝。

　　长着羊脸的女人站到我跟前，叫我从她眼里舀去一肚子的苦水。女人脸上红扑扑的，我想，那是因为我的手太短了、手里的水瓢儿也太浅了，根本对付不了她那满腔满腹的苦水。女人要给我当新娘了，她浑身的红，那红，艳艳的，叫我无处入手。

　　女人身后跟着她那四岁的娃儿，娃见了我，有些惊讶地咧嘴，笑。见娃儿笑了，我身后一阵躁动。有人从我身后冲娃儿勾手，娃儿以为是我在叫他，一步一个趔趄地走过来。这时，我身后又是一阵躁动。在等娃儿走过来的几秒间，我冲我的新娘看了几眼。她悄悄地向后撤去了几小步，瞅着娃儿和我，脸上的红越来越红，最后成了酱红，像是往脸上糊了一层死血。我有些尴尬地往嘴角挤笑，伸手抱住了娃儿。娃儿是个男娃，胖乎乎的，我觉得我在抱一只吃饱了的羔羊。

　　嗷哇哇——

　　男娃直溜溜地冲着我脸看了片刻后，陡地，大哭起来。那声响干干的，犹如在风里撕开一面面的布。我立刻生出浑身的水来，脸上、额头上、脖子上、手上，湿滑滑的。我嗷嗷叫着，学着母亲哄羔羊似的哄男娃。男娃躁躁地乱踢乱腾、乱抓乱刨，把我当个热锅，四肢朝天。

　　人堆里传来一声喊：矬子——抱瘸子喽——

　　我朝人堆里望去，我寻思，这当儿母亲该来了。然而，母亲并不在人堆里。

　　有人又喊了"矬子——抱——瘸子——喽"，人堆里爆出闹腾腾的笑。男娃越发地撒起野来，像是听懂了什么，拿拳头打我的脸。一下、又一下，又一下。脸上的水珠儿四下溅去，闪闪粼粼的，逃也似的。

　　我的新娘扑上来，打劫、抢夺般地抱走了男娃。我眯缝着眼，朝着我的新娘笑。我的新娘不接我那笑，低着头转身走去，那瞬间，我身上的水干了。我追过去，人腿挡住了我的去路。人与人之间的缝隙里，我看到了朝我看的姑姑。她那眼神长了触角，左右躲闪着，从人堆中摸到我鼻尖上。我扒开人堆朝姑姑走去，我要跟姑姑讲讲话。这么多年来，我居然没有与她好好讲过半句话。这次，我得好好讲。讲鞭梢上的羊毛，讲羊毛里的眼睛，讲眼睛里的深井——可不等我挨过去，有人从我肩头一抓一拽——我被困在大爹家三个儿子、姑姑家三个儿子、邻居家好多男人中央了，他们要我喝酒。

"来，新郎官儿，把这瓶酒干了。"

我摇摇头。

"不喝？不喝就脱你裤子。"

他们人多，手多。一人出一根指头，便是秋日的葵花地。我仰头一看，半空里吊着一圈儿眼珠，油亮油亮的，忽而红一下，忽而绿一下，它们太想知道一个矬子的"庞大"秘密了。有人拿牙齿咬去了酒瓶盖儿，冲我晃晃瓶酒。

"不喝？不喝真脱裤子了啊，今儿个可是你大喜日子，我们想咋你你就得咋。"

我把酒瓶接过来，朝身后望去，我想看看我的新娘。从认识我的新娘到眼下，才过了四十五天。我还没来得及与我的新娘聊几句亲亲话。

"干了，干了！新郎官！"

我咽了一口，好呛，呛得我眼圈里尽是水。人堆里有人吹起口哨来，有人把酒瓶往我嘴上凑。我躲闪着，再次朝着身后望去。人堆那边很远距离，挨着墙我的新娘抱着娃独自站着。男娃向我这边指着，嘴上说了什么。我的新娘听了，直摇头，并不朝这边看。等了片刻，我想我的新娘马上就会朝我这边看的。

"喝哇喝哇，酒吗，喝哇，一瓶酒么，又不是给你灌毒了——把嘴张开。"

我张开嘴，仰起脖颈。滋溜滋溜的，酒液拧着身段从我喉咙处往深处钻去。我把眼闭上。

"好！够爷们儿！身子短，志不短——"

好多的笑声。

我找个凳子坐下，浑身酥麻酥麻的，胸腔里一阵热。我朝人堆里看去，我的新娘依然抱着娃独自站在那里。男娃从肩头冲我看着，我向男娃笑笑。男娃呆呆地盯着我，忽然，嗷叫着哭起来。

我胸腔里感到一阵疼，如同有个刀片在那里走。我摁住了那刀片，疼痛弱了些。我再次朝我的新娘子望去，我想她这下应该朝我这边瞅一眼了，就一眼。然而，没有。渐渐地，我感到从未有过的疲倦，我感到昏昏沉沉的，想要好好地睡个觉。我的手从胸口处滑下来，刀片挣脱了捆绑，立刻左左右右地乱刮。剧烈的疼痛来得太突然了，我都来不及张嘴，便倒地了。有人要给我喂水，可是我张不开嘴。口腔里满满，大概是舌头发胀了。我躺倒在地上，余光里，地上洇开一摊红。我知道，那是血。

五

沙碛地上，一座硕大的柴垛。高高的、黑黑的、鼓鼓的。柴垛下，七高八低地出现了十多人。我朝那里走去。这是我近十年以来头一遭往人跟前凑。这倒不是我要他们给我喂草，虽然我已有三个黄昏没嚼一口草了。我是要人们把我这身毛发拔去，它太多、太厚、太长，将我箍在里面，叫我挣不脱、逃不过。

风轻轻地拂过来，从我脸上掀帘子似的掀走几丛毛发，借着这豁口，我才辨出那拨人中谁是谁了。瘦高的是抽我鞭子的女人，女人这边抱着孩子的是新娘，新娘这边是给伊玛呼灌酒的男人们。他们个个神色凝重，缄默不语。

有人蹲到柴垛下，燃火。滋滋啦啦的，青烟冒起，左左右右地拧着。一会儿，火舌子噗啪噗啪地蹿起，不见烟了。火舌子越蹿越大，终于，吞去了整个柴垛。

咩咩——咩咩——咩咩——

我拼尽劲儿大叫起来。这也是我近十年来头一回呼喊。我没想过，我会发出如此沙哑、粗粝、苍凉的声响。那拨人听到了，四散逃去。

"翁衮羊（神羊），翁衮羊来了——"

有人喊，逃去的人这才明白过来什么了，遥遥地冲我跪下磕头。

我是叫给伊玛呼听的，他躺在柴垛上，身袭无扣长袍，脚穿布鞋，鞋底儿是薄薄的三层，密密麻麻地走着针脚。这当儿，火苗儿已经完完全全地覆住了他，从他小小的、瘦瘦的、薄薄的，未开刃的男儿躯体上放走一个老魂灵。是的，一个老魂灵。很多年前，当我嚼去他的脐带时，我与老魂灵相遇。它因欢喜而浑身战栗着，它终于可以再次结束原野地上的流浪了。曾很多次，我与它相遇。它苍老，但不疲倦。活过几个世纪的它，每当遇见安居的"巢穴"时，总会如此欢喜地战栗。当伊玛呼嗷嗷叫着将它接纳时，我看到了它在战栗。

我尽力往火堆走着，好让这身毛发葬于火海，放逐"我"。然而，这身毛太沉了。还有我那长长的角，这些年往粗里长了不少，只因毛发的遮掩，谁都不知道它已经叫我很吃力了。

我一点点地挪着身。没多久，我已经感觉到温热了。这时，那拨人却挡住了我的去路。我急促促地叫了几下，我这是在告诉他们，我不怕这个。我不怕火烧过后的灰烬，那不是结束。可是，他们固执地站成一排，横于我跟前。我再次叫了几下。可是，他们依然听不明白。我只好停住。

安安静静的，没人说话，没人哭泣。除了火苗滋溜滋溜的声响。此刻，我想告诉他们，我怕的是，我长长久久地活着，沙窝子地却早早死掉了。

这些年，沙窝子地已有死亡气息了。到了春天，很多草沉睡在土壤下，醒不过来。还有很多河流，藏到土壤底下，眷恋那里的黑似的不出来。还有一些活了几百年的老树也变得吝啬，不把种子借给鸟儿们，叫它们到别处播种。

原野地景象一年比一年枯，唯有一种叫醉马草的家伙空前地狂喜。它个头不高，叶子也不旺，甚至有些丑丑的。可是，眼下，绿葱葱的尽是它。羊儿们先是不想嚼它，它们知道它有毒，那毒会叫它们上瘾。它们想到别处去吃别的草。可是，那些铁丝围栏太结实了。眼瞅着，能活过几个世纪的结实。最后，饥肠辘辘的羊们只好去啃那醉马草。先是一小口一小口地啃，没一会儿就变成了大口大口地嚼。不到十多日，羊儿们的舌头肿了，咽不下一滴水。走起路也是摇摇晃晃的。

忽地，一道亮光刺过来，我眯眼。原来有人撩开我脸上的毛看我。我认出是那个抽我的女人。她静静地注视我片刻后，举手。她手里抓着一把醉马草。我笑了，嚯嚯地。她听出这声笑来自我喉咙深处。她也笑了，扔去了草。

女人把那只手也放了，刺眼的光没了。一会儿传来哧哧哧的脚步声，有人走过来，顿了顿，小心翼翼地伸过手来。

咦？啊！

他们把伊玛呼埋到沙包子上。那坟包小小的，我想，小小的风就能把它吹没了。

等人们离去了，我坐到铁丝上。那个老魂灵也坐在我一旁。我俩不谈一句，也不相互看。我们沉默地望着沙窝子地。我想，我们知道这里正在发生着什么。

隔了几日，伊玛呼的母亲赶着羊群远远地走过。羊群见了我俩，朝着我们叫。它们的模样已面目全非，瘦骨嶙峋，饥肠辘辘又醉醺醺的。它们的主人想要把它们赶到别处去，可是，那个可怜的女人居然找不到围栏的口子了。她怎么都无法把羊群赶出围栏内了。她只好不知疲倦地，一次又一次地赶着羊群在围栏内四处走。羊们走累了，就地卧息，等一会儿再次赶路时，有的羊就站不起来了。

原野尽头，一个青青的点在移动。

天空上，万里的蓝。

许久许久后，那个青青的点已经离我们很近了。我认出"青青的点"是我那身毛，有个男娃撕扯着它。

"哪是翁衮羊？明明是阿拉穆斯啊——"

男娃吼。

男娃没想到，青灰灰的毛发下，还藏着一对儿惨白白的、塔尖似的角。

背石头的女人

　　女人后背生汗了，没生成水珠，只在衬衫上洇出一圈水印来。风灌进衬衫内，水印又在瞬间消散掉了。整个过程，看似什么都没发生，我却感觉一层黏糊糊的水渍流到我身上了，那是女人的汗液渗过了衬衫。从早晨到中午，女人一直在沙丘间行走。太阳烤得我晕晕乎乎的，风又那么的吝啬，有一缕没一缕地拂过。女人走得极快，一步追一步的，好似不断地迈步就能逃离这缠人的酷热。

　　刚才，女人蹚水过河时，脚底溅出的水珠儿落到我身上，一股子的凉意顿时浸得我身子骨一阵痉挛一阵酥软。

　　我多想回到水里！

　　像很久以前的某一天，躺到水下，将半截身隐于沙石间，任水流从身上轻悠悠地滑过。

　　任一两匹马儿饮水时，用大嘴唇哧溜哧溜地吻我，或者，任几百只羊蹄儿嘎巴嘎巴地从我身上踩过。那瞬间的惬意与柔润，撩得我心里浪荡荡的。

　　可是，此刻，我仿佛是一块儿死了的石头，装到一面散发着奶酪味的布袋子里，在太阳下烘烤。虽然，原本我就是一块儿石头。

女人这是要将我带到哪里去啊？昨天傍晚，女人在木盆里清洗了我三遍。女人用粗糙的手掌搓去我身上的沙粒，还用扁平而坚硬的指甲抠了又抠我的胎眼儿。是的，那种长在石头上、眼睛一样的东西叫"胎眼儿"。我的后腰处有两枚圆圆的、白白的、驼粪蛋大小的"胎眼儿"。我没有丝毫夸大其词，很多石头是不长胎眼儿的。

清洗完毕后，女人看着我，轻轻地笑了。那笑很轻，轻得只把嘴角、眼角弯了弯。我也笑了，不过，女人是发现不了我的笑的。我知道女人不是笑我的胎眼儿，而是在笑我的模样，我有一副笨拙的外形，上面爬满米粒大小的坑儿。我觉得，女人的笑，多像对着一个婴儿。

今早，天帘撩翻一道白时，女人便背着我上路了。我俩向正南方向走，走了十余步，女人停顿片刻，在玛尼呀前烧香祈祷。然后继续向南，走过羊圈。从气流中飘浮的羊粪味中能判断出，这群牲畜正经历着罕见的饥饿。因为饥饿，它们正不耐烦地嚼碎反刍着夜里排出来的粪便。它们个个面无表情，在硬邦邦的晨风中，吐一口恶气吞一口恶气。如果年景好，风暖草绿，它们是为牧羊人活的。相反，遇到饥荒岁月，它们活着是只为自己争一口热气。它们的主人，这个背着我行走的年迈女人——是的，她很老了，面庞上除了鼻尖还少许地保持着她年轻时的模样，其余地方早已被众多皱纹覆盖——她猫着腰从羊圈旁走过，因此那些可怜的牲畜没有发现女人。如果，它们发现了女人，一定会发出急切的呼喊。我是顶受不了它们那种撕心裂肺的哀呼声。它们着实一点沉默的风骨都没有，如我。

沙窝子地，又是整整一年没下一滴雨了。甭说一滴雨，天空都没有生出一朵湿润的云。

往年，甚至三年前埋到沙粒中的种子，到至今都没吃上一滴水，破壳分娩，对它们来讲还远着呢。在我久远的记忆中，我那条泛着波光的河水似乎早已被远方的山和树劫持，且一去不复回。我是多么地思念它们，那些透明的、清凉的、柔滑的、顽皮的水珠儿。我是在向远方的尽头翘首远眺时，被一个年轻男人抱起的。为此我常常暗自自责，是啊，河床地有那么多石头，为何就我单单地挺直了腰向远处眺望呢？

那天，年轻的男人用鞋尖猛磕了我两下，我立刻被这突如其来的侵袭击蒙了。我倒地，还狼狈地滚了一点点距离，于是我那藏在后腰处的胎眼儿暴露了。年轻男人眼毒，即便是在日照晃眼的中午，他都没错过胎眼儿。

年轻男人咦地一声疑问，膝盖一曲，又站直，我就被他牢牢地抓到手心里了。他朝着我的脸吭吭地打了几掌，用袖口蹭了蹭。那一刻我看到他脸上睁圆的眼睛，以及张圆的嘴。如果他再拧个劲儿，从那两个圆里准会掉落一地颤抖的五脏六腑。我挣扎着要他放手，用非常难听的嗓门来呼叫。只可惜，我那嘴巴，那张缄默惯了的嘴巴居然无法发出一丁点儿声响。

年轻男人用指甲刮了刮我的胎眼儿，又用拇指蘸着口水揉了揉，这令我有些难堪，从我有记忆起还没有被谁这样触碰过。

那天，年轻男人就把我抱回家了。年轻男人的屋子里有一个很年轻的女人，年轻男人将我给了年轻女人，年轻女人又将我放到炕窗台上。之后，足足有三个月时间，他们谁都没有搭理我。但是，他们不搭理我，却从未停止过对我的惊扰。尤其是到了夜里。

每天天一黑，年轻女人就从高高的水瓮里倒出一盆水，放到地上，跨上去，欷溜欷溜地清洗。洗完了，欷溜地将水泼出去，脱鞋，爬上炕，躺下，扯平身子。接下来便是年轻男人的一阵忙碌。他有个习惯，等到女人上炕了，他就忙着先把屋里弄得跟地窖一样漆黑。然后，他在漆黑中默不作声地耕耘。是的，我认为那是一场艰辛的耕作。翻地、播种、浇水、锄草、洒农药、打雀鸟、杀害虫，最后埋头刨地。而地又那般的丰腴而厚实，种子进去了，出来时变了模样。不过这种子是五谷杂粮的种子，至于男人埋下的种子，却总在大地深处失踪，等不来一次破土而出。

从春到夏，年轻男人的耕作一直未停止。但是，除了他的脸颊变得窄长，他的耕作并没有一点丰收的征兆。不过，令我感慨的是，面对日复一日的空落，年轻男人丝毫不气馁。每天夜里，他总要将自己搞得很疲惫，将我惊扰得心绪难安——他的劳作，勾起我对河流根深蒂固的思念。

在那条河里，曾不知发生过多少回年轻男人这般的耕作。甚至，那条河本身就是一直在进行着年轻男人这般艰辛耕作。我曾躺在那里，看着它们在那里气喘吁吁，窃窃私语，或者低吟呢喃。那样的日子是火热的，纵然我是一块儿无法抬着脚尖行走的石头，我也深爱着那样的日子。

我要回到河流里。

对于我的呼喊，年轻男人从未有过丝毫察觉。

夏天的一个午后，天气热得叫人身上隐隐地疼，空中飞过的虫子吱吱地冒着烟摔死到地上。我在窗台上昏睡，突然一个什么陡地将我从昏沉中摇醒。原来是年轻男人，他举着我，看了看，重新放回窗台。没一会儿，我感觉身上变得火辣辣的，好似一尊烧红的炉子藏到我体内了。我有些茫然，不过很快，我找出原因了。原来，年轻男人把我翻了个身，将我的胎眼儿对准了太阳。这么突兀地被太阳一烤，烫伤般的烤灼令我措手不及。我想翻个身，暗自发劲儿试了试，可惜无济于事。没一会儿，年轻男人将我放到炕上，然后叫年轻女人躺过来。我的苍天，这是我第一次接触这般柔滑，比那水流还软的柔滑。我屏声息气，深怕一丝的气流都会吹到年轻女人。年轻男人将年轻女人的后腰压到我身上，把她的腰眼对准了我的胎眼儿。我已经顾不得猜想年轻男人为何要这样，我只是一刻不容缓地对着女人发威。

我鼓足劲儿，将刚才从午阳照射中聚集到体内的火热，传向女人体内。渐渐，我感觉到一种非常非常低沉而缓慢的摩擦声，就像很久以前水流从我身上滑过时的声响，我用我最敏锐的感知去寻找摩擦声的源头。许久许久后，我终于判断出摩擦声是从年轻女人体内传出来的，它离我很近，几乎是紧贴着我的肌肤在涌动——原来是年轻女人的血液在涌动。这令我窒息，我小心翼翼地倾听着血液的流动，轻微、急涌、不息，在错综复杂的脉络中相遇又分开。

随后七天里，年轻女人每天午后都要躺到我身上。比起头一次，之后的几回里，我制造出了一种隔着肌肤的相溶。那便是我把我体内的阳灌到年轻女人体内，她将她的阴传到我的体内，从而我俩的血液变得滚烫。这种相溶，在外观上不表露一丝的痕迹，但是透过嗅觉能捕捉到满空弥漫的雌雄味道。

七天过去后，年轻男人将我放回窗台，胎眼儿朝下。对此我心里没有任何失落与悲伤，我知道一切结束了。我终归要完成一块儿石头的使命，那些流动的血液，那些幻妙的时刻，对我来讲，终归是一场转瞬即逝的偶遇。我的沮丧与悲喜从不会被谁发现，谁都不会在意一块儿石头的命运。是的，命运。从他们眼里我看到了真我，那便是，死亡对一块儿石头来讲是永恒的。那么，既然这样了，爬着小虫和尘土的窗台，对我来讲不算是最糟糕的境遇了。

我也不用思念那片爬满鹅卵石的河床地了。本质上，我就是一块儿死了的石头，我和我身上越积越厚的尘土没什么区别。既然看到结局了，我又何苦保留这块儿坚硬的躯壳？我不再幻想，亦不再怅然。我开始期盼有一天自己能和尘土一样变得轻巧，一缕风便能吹走。然而，就在我懒洋洋的等待中，我惊奇地发现了我身上的变化。

昨天，年轻女人走过来，端起我，一边噗突突地吹走我身上的尘土一边说，啊，豁了嘿。

我猛地抬起头，疑惑中冲着年轻女人娇嫩的脸庞看。

年轻女人接着说了句，好怪。

这回确定了，我确定我听懂年轻女人的话了，之前从未发生过这样的事。

那些天，年轻女人躺在我身上时，也这样端着我跟我讲过话，但是那时我还听不懂她的话。而此刻，我居然这么清晰地听到年轻女人用爱怜的口气说：啊哒，就是你了。她这是在指我呢，这令我浑身战栗。我按捺住立刻高声呼喊的冲动——我怕我的呼声太高，会把自己从某种沉醉中唤醒。遗憾的是，年轻女人没有继续讲下去，她走出屋，将我递到年迈女人手里，就是这个一直背着我行走的老女人手里。

女人还在不停地前进，午阳也威力不减。透过布袋错综复杂的线纹，隐约看到大片大片灰黄的地面。女人嘎巴嘎巴的清脆脚步声已经换作拖沓的哧溜哧溜声。一路的晕眩早已使我感到憋屈郁闷，我想立刻逃出去。我不知道我俩距我的河床地有多远了，也不知朝哪个方向走。没有风，没有任何能分散我注意力的声响。我忍不住想起很久以前的河床地。那时，河床地有芦苇，芦苇中有孵蛋的灰雁，狐狸偷灰雁蛋。灰雁啄狐狸眼，狐狸闭着眼逃，撞到芦苇，芦苇倒地，又弹起，无数的鱼苗儿在芦苇底躲窜。而我，听着它们之间的追逐，痴狂大笑。我的笑无声，却能扯出一道道水波来。

如今，河床地已干涸，变成一道巨大的、难看的疤痕，毫无保留地横卧在原野中。走之前，我都没与它道别。

哟嚯——女人坐下了，布袋着地，从我接触地面的那瞬间判断出，我们坐到沙丘上。

豁了嘿——女人将瘦巴巴的指头探进布袋来，像摸孩童的脑袋一样摩挲我。

好苍老、好粗糙的手掌，简直就是老马下巴处垂落的硬皮。如果不是我夸张，她的手弄疼了我的皮肤。

起风了，女人身上的汗被吹干了，布袋里令我眩晕的闷热淡去了很多。我感到一点点凉爽，同时我也发现布袋内变得昏暗，如果没有判断错，已是傍晚时分了。没一会儿我听到有人在说话，远远的。接着是一串脚步声，零零落落的，大概是两三个人向这边走过来。

老额吉，您要去哪里？一个陌生人的嗓音。

噢，去城里。

去城里？

儿子进城了。

到家里歇歇脚。

哦哒，不远了，都看到灯光了。

灯光？我心里不由得一紧。

渐渐地，从四周围拢来各种陌生声响，有雨滴乱击草丛的喷涌，有傻狗在风中发怒的聒噪，有雌雄鸟相互追逐的凌乱，以及像是石头与石头碰撞时的沉闷，除了这些，还夹杂着像是千万只羊一起反刍的声响。我已经听不到女人走路的迈步声和从女人后背传来的缓慢呼吸声。

女人沿着马路走，路边的灯光，在高空里洇出一圈圈的黄。在它们后面更高处，闪烁着七上八下、横三竖四、耀眼夺目的各种光。它们向我伸来好多细长细长的胳膊，想要摸我的脸蛋。我极力向着女人后背靠拢。

额吉，就放这里，放这里。

我们进入到屋子里，所有的喧闹顿时被挡在了外面。一只手从布袋里将我一把抓起放到硬邦邦的桌上，桌上有一些奇形怪状的东西，有的散发着潮湿气味，有的还冒着气。

女人坐到桌旁。

额吉，它的胎眼儿好像更圆了。

原来是他，那个年轻男人。他一边说着一边搓了搓我的胎眼儿，搓得我生疼生疼的。

你的队长呢？

女人看了看年轻男人，匆匆把脸别过去，好似不愿意看到年轻男人鲁莽样儿。

一会儿就来。

他要石头干吗？

直觉告诉我，将要发生什么了。我焦急地向年轻男人的脸看，比起那些在原野地的日子，如今的他肤色白了，嗓音细了，就连指骨都酥软了许多，我觉得那个曾经艰辛耕作的男人不在了。

我告诉他这块石头很神奇。

神奇？一块儿石头能有什么神奇？

额吉，如果不神奇，我能让您送过来吗？

那他还会还给咱们吗？

昂？额吉，您说什么？还？还什么还啊？一块儿石头嘛，还什么还？

我突然想到，年轻男人的嘴一旦张开，就会涌出众多逃离地狱般的言语。

既然是普通的石头，为什么还要送给他？

额吉，他可是我的队长啊。队长管着钱呢，我得挣点钱啊。

这时门咯吱一声叫。

队长，您来了，坐，坐。这是我额吉。

噢噢！

您坐您坐！

桌脚呲呲地划着地面，年轻男人向一侧推了推桌子，刚好有一道阳光落到桌上，这下我算是被一览无遗了。

是这块儿石头吗？

队长的手指伸到我脑袋上一寸位置停下，空指着，不触摸。这点让我有些意外，他的眼珠是灰褐色的，没有睫毛，鼻子两侧倒立着两个肉三角。

队长，您看，这里。胎眼儿，圆圆的。

年轻男人又搓了一下。

队长稍微倾了倾身，看看胎眼儿，脸上露出笑意，只不过那笑很淡。

队长，夏天里，选个正午时分，太阳下烤，烤到手指不能碰的滚烫，然后——

你用了几天？队长在问。

七天，刚好七天。很神奇的，沙窝子地老喇嘛用长着胎眼儿的石头治病，这是秘方。

年轻男人说着笑了，笑得很多余，因为队长脸上并没有任何笑。

我估计我那媳妇用三天就好了。

时间越短越好，省劲儿啊。我给您装到袋子里吧，啊呀这布袋，皱巴巴的，我给您找个新的。

年轻男人翻箱倒柜地找袋子，队长一直站着，他始终没有触我一下，眼睛却一刻也没有从我身上移开。那眼神有些怪异，好似在观察我有没有可能趁他不备时伸出胳膊挠他一下。我已经猜出接下来要发生什么了，我着急地向女人看去，她不在凳子上，她倚柜而立，双手相握，我根本没法知道她在想什么。

再有几个月我媳妇儿就生了，呵呵。

年轻男人的这句话是讲给队长听的，因为他对着队长笑了笑。

年轻男人把我装到一个满是香味的袋子里，如果我没有猜错，这是花香，或者是香皂味。

你要拿它做什么？

终于，我听到女人的说话声了。

这个？您儿子没有告诉您吗？

啊呀，额吉，您插什么嘴？

那可是我家乡的石头。

女人走过来，站到队长跟前，手在身前空悬，好似要揪住眼前男人的衣领。

这个啊？

这当儿年轻男人拎起装着我的袋子递到队长手里。

额吉，您就别问了。队长，您路上慢点啊。

一阵急促的迈步，一阵门板的撞击声。女人大概堵到门口了，因为队长走了几步便停止了。

这个啊？老人家，您啊，我咋讲啊？

啊呀，额吉！

门被推开了，一股风扑面而来，同时震耳欲聋的喧嚣也迎面撞来。

我终于明白我要面临什么了，我悲伤地哭起来，但我的哭声太弱了。我想，这下彻底完了，我真的被遗弃了，永远也回不到伤疤一样的河槽地了。永远永远不会像婴儿一样睡到女人后背上了。我终归是一块儿死亡的、沉寂的、被遗弃的石头了。可是，可是我已经听懂女人的话了啊。

队长走下台阶，脚步声完全是音乐般的欢快。

额吉——

忽地，剧烈的摇晃、咚咚的脚步声戛然而止，甚至所有的喧嚣也荡然无存。一声细长、尖锐、急切的呼声从某个角落慢慢扩散。我被这不知从哪里传来的声响蒙住了。

额吉——

细长、尖锐、急切而有力。

队长抬高胳膊，将袋子与他视线保持同等高度，从袋子缝隙间，我看到队长变形的三角眼袋与翘立的眉毛。

额吉——

原来，呼声是我发出的。

哦，我的苍天，我可怜的孩子，可怜的孩子——女人一把夺过袋子抱到怀里。

额吉——

我终于向这个世界发出我的第一声呼喊了。我的呼声尖锐而冗长，在空中一圈圈地散开，无限扩大。在这无限扩大中我从城市高空飞过，扑向原野，俯瞰我的河床地。那里依然荒芜，不但没有一股子水，就连周围的绿都是夹杂着半身的红，那是每一根绿草的血脉在暴晒的太阳下膨胀。我从那里向东浮去，过了一道道山脉田野后，我终于在天涯尽头看到了一片亮，那是大海。虚虚实实中，我看到，从天空上向海水射出密不透风的光柱。

送亲歌

一

乌尼尔站在井口，顺着垂下去的绳子盯着井下。井下黑黑的，一股潮乎乎的腥味从井底浮上来，她舔吧舔吧嘴唇，抓牢绳子。她想，或许这次桶里装着水。一阵咔嚓声响后，绳子绷紧了，乌尼尔拖了拖绳子换着手往上捯。

铁桶里还是满满的沙子。

这是第十口井，乌尼尔和父亲在过去的九年里掘了十口井。十口井都没生出水，这片苍茫大地仿佛与这对父女结了怨，无论他俩怎么努力，都舍不得赏赐几桶水给他们。有那么一两次井底见了水，父女俩忙着捡石头砌井台，可没等完工井底的水便不见了。

掘第一口井时，乌尼尔十一岁。她趴在井口冲着井底喊：阿拜，阿拜，见水了？那时她觉得，在干旱的原野地掘口井是件简单的事。井口架着井轱辘，乌尼尔把住轱辘把子咯吱咯吱地摇，粗绳子在轱辘脖子上一圈一圈地多起来，她的小脸涨得通红。

第一口井没出水，雅西拉坐在小山一样的土堆上说：不怕，明年咱再掘。乌尼尔记得父亲说这句话时眉头皱得几乎把脸上的肌肤都扯到额头上了。

掘第四口井时,井辘轳坏了。

掘第五口井时,乌尼尔不再从井口喊话了。

如今,乌尼尔二十一岁了。从井底拉沙子时她不再喘气,也不再把脸涨得通红。她只屏住呼吸,小心翼翼地捯着绳子,像是对待一件易碎的玻璃器皿。

从掘第六口井开始,雅西拉的脸色变了,好似掘井时落在脸颊上的尘粒浸到皮肤下面,无论怎么冲洗都洗不掉。

从这个位置向北走半里地,是第六口井,已经坍塌了,掘出的土被填回,留下蒿草那么高的淡绿色的土,这土是从地表下三米距离掘出来的。从第六口井向东走百余步,在一片沙碛地凹处有第四口井。第四口井出过水,乌尼尔的母亲艾米斯还挑过一夏天的水。后来这口井瞎了——艾米斯把不见了水的井叫瞎了——用几块儿石头压住了井口。紧挨着第四口井,东西向地横亘着一道铁丝围栏,围栏外有一条土路,土路那边还有一道铁丝围栏,过了这道围栏便是邻居热丹家的草场了。那里有一片沙丘地,沙丘地有老井。

老井已熬过了五十六个年头,如今依然生着清凉凉的甜水。

分草场前,雅西拉一家子,包括牛羊群都从老井里吃水。分了草场后,老井成了热丹家的。

这些年,艾米斯隔一天就得拉着牛车去老井拉水。每次都摸黑出发,摸黑回来。她说她习惯走在幽深的、浓雾弥漫的寂静里,听水桶里哗啦哗啦的声响。她还说,夜里井水睡了——她觉得白天井水被搅晕了——天亮前井水醒了,不混沌了,死而复生一样清澈。乌尼尔不信母亲的话,她知道母亲是在"躲避"丈夫努力了十年都没掘出一口井的无奈。

时节临近夏至了，沙窝子地还没经受一场雨的洗礼，灰土土的沙碛地和沙丘地赤裸出本来面貌。

"那年冬天就不该回来——多好的草场——"

艾米斯又把这句话说出来了，这句话像是夜里总要点的灯一样，总叫她到了晚上就挂在嘴上。

灶前矮凳上坐着乌尼尔，如果不是非得把半袋子土豆刨成丝丝，她早已入睡了。她累得只剩一点点力气，艾米斯说话的声音时远时近的。雅西拉坐在乌尼尔对面，在盆里清洗土豆丝，他那件穿了三四年的米色衬衫皱巴巴的，犹如从某个老人脸上剥下来的。乌尼尔看了看父亲的脸，又看看父亲被水浸泡变白的掌心。她想，父亲雅西拉又瘦了，比往常任何一天都瘦，但也比往常任何一天都显得硬气。

灯光从头顶射下来，照得雅西拉的腮帮凹陷出一窝黑来了。他的眼睛红红的，那是用香皂水洗脸时用力揉过眼睛的。他五十三岁了，与年轻时相比，每天早晨觉得膝盖酸疼外，他并没有感觉出自己正在慢慢变老。与妻子艾米斯不一样，他不愿意提起过去的事情。他觉得以往的岁月早已成了一条笨拙的尾巴，拖得他常常陷入一种困顿之中。

"哎，你祖母，一个苦命的女人，也只好嫁到沙窝子地了，能活着，就不容易了。"

乌尼尔和雅西拉听着，谁也不去接艾米斯的话。艾米斯还说了别的，一直在叨叨，仿佛夜晚的来临令她感到不安，她需要不停地说话才能安抚自己。

临睡前，乌尼尔悄悄地祈祷，祈祷第十口井能生出水。毕竟这次雅西拉掘得比往常任何一次都深。

二

半个世纪前，萨仁诺尔湖发洪涝卷走温多茹家的毡包时，她十七岁。毡包里还有她母亲和三岁的弟弟。雨下了三天三夜，萨仁诺尔湖从地表上长身子，最后在清晨里甩开窝子向着草地冲过去。这件事已载入历史史册，洪水卷走了牧人家的牛羊圈，待洪水过去后草地上尽是牛羊鼓胀的尸体。还有牧羊人的毡包、勒勒车、毛毡、马鞍、衣物。

那天清晨，温多茹母亲叫醒她还塞给她一个头饰，叫她快快往坡地上逃。她冲出毡包，只见远处地平线上一阵轰隆响，雨打着旋往人身上扑。到了坡上她喊母亲，喊哑了嗓子都没见母亲的影子。坡上铺满驼粪蛋大小的冰雹，几只黑毛狐狸崽在石头下吱吱地叫。她不停地战栗着，觉得坡地慢慢地在往下沉。

没多久，微白的晨色下温多茹看到了冒着泡沫、漫成一大片的洪水。水上漂着牛羊，有的还在咩咩叫。

"记起来了，那是1933年的初秋——"

乌尼尔十二三岁时，艾米斯像是讲神话故事一样给她讲她祖母的遭遇。

"冰雹过了三天才停下来，你祖母说冰雹就像坏死的眼球——"

乌尼尔觉得从那之后母亲艾米斯总把一切与"死了""瞎了"连到一起。

"那年腊月，你祖母便嫁到了沙窝子地。"

"才多大啊？"

"十七岁，那会儿十七岁的闺女都已经是大围女了。"艾米斯说着看看乌尼尔，那眼神好似在说，她也不小了，该知道这些了。

"你祖母叫温多茹，脸上有三枚红痣，这儿、这儿，还有这儿——"

艾米斯用指头指着额头、眉骨、腮帮，说完把手伸过来摸摸乌尼尔脖子上的红痣，继续说道："跟你的不一样，你的小。"

"小么？"

"小多了。"艾米斯用一种安慰的语调说道。

"小？我这有兔粪粒儿大。"

"你祖母的大。"

"有驼粪蛋那么大？"

"哪有那么大，也就羊粪粒儿大。"

乌尼尔想说兔粪粒儿和羊粪粒儿又没啥区别，但她没吱声。

艾米斯坐在炉前，肩头挂着一溜拔火罐，看上去真的像一只被拔光了毛的老鹰蹲在石头上。她有一张窄长的脸，鼻骨高高的，雅西拉生气后说她是只老鹰。每次听丈夫这么讲，艾米斯就会笑着呛一句：是啊，我是老鹰，小心啄了你的脑壳。乌尼尔觉得父亲每次说完这句话后气就消了，好似生气就是为了说这句话。

"那年夏天，你祖母的父亲出去找马群了，回来时只牵着三匹马。"

乌尼尔听着在心里盘算起时间，她感觉那是一个遥远得没法算出来的时间。

"你祖母的父亲带着你祖母，还有一个媒人，三人骑马整整走了两天才来到这里。"

"洪水过后祖母没去找她母亲？"

"找了，没找到。只找见了毡包，还有她弟弟的褙褓。她父亲回来后也找了——"艾米斯摇摇头，继续说，"她父亲回来时没了耳朵。"

"冻掉了？"

"被土匪剁去了。"

"一只耳朵还是……"

"都没了。"

"他是个好人。"艾米斯用一种怀念的语调说道。

在野地里烤火吃饱野兔肉后，温多茹的父亲叫她用灰烬把脸抹黑了，还叫媒人把脸也抹黑了。温多茹这才发现媒人原来是个女的，穿了一身男人的袍子，戴着男人的帽子，如果不说话谁都看不出她是女人。

温多茹嫁到沙窝子地后的七十年里，没回过娘家，也没再见到过父亲。他父亲临别时说过的话，使她永远断了回娘家看看的念头。原话是什么温多茹没给艾米斯讲过，从她年老后的絮叨中听出大概意思：她是个没有"归路"的女人，和草原上的很多女人一样。嫁人前跟着父母迁徙，嫁人后跟着婆家迁徙。逐水草而居的岁月，总把"娘家"从这里迁到那里。温多茹的父亲还告诉过她，他的祖母也是从很遥远的贝加尔湖那边嫁过来的。

"你祖母老了后，总念叨萨仁诺尔湖，说沙窝子地要是跟萨仁诺尔湖那边一样水多就好了。"

沙窝子地真的是缺水。

"你祖母说，这里的人不分细雨、淫雨、太阳雨、疾雨、暴雨——"

"我分得清。"

"你也没见过那么多雨。"

乌尼尔三岁时温多茹去世了，她不记得祖母的模样。屋墙头挂着温多茹年轻时候的照片，她坐在一把高椅子上，头上戴着头饰，脚前摆着一盆花。花开着淡粉色的花，那是冲洗出来后重新上了色的。

"额吉，萨仁诺尔湖在哪里？"

"东边，很远，听说湖水已经枯死了。"

"枯死了——？湖水又不会死。"

"我的孩子，万物都会死。"

三

天亮时，听到雨滴落在屋顶上的沙沙声。乌尼尔赤脚走到屋外，艾米斯早已在屋外摆开了铁桶铁盆，还把冬天腌菜用的大口瓮也摆了出来。天空阴沉沉的，贴着地面看，看到密密麻麻的雨脚在灰白的土表上跳舞。很快雨丝变细了，跳舞的雨脚跛了起来，这一下那一下的。

"哎，糟糕，起水汽了，这雨——太弱。"艾米斯感伤地说道。

雨停了，朝阳升起，沙窝子依然是惨白、灰蒙、荒芜。

雅西拉下了井。乌尼尔站在井口，弓着背，心里想着萨仁诺尔湖，那个早已在母亲嘴里死掉了几十年的湖。

那地方的井，估计伸手就能舀出水来。

乌尼尔想象不出萨仁诺尔湖的模样，她觉得那湖应该有她家草场那么大。

咩咩——传过来羊叫声。乌尼尔抬起头看，原来是老母羊黑热乐岱，它一瘸一拐地走过来。前几天，它钻热丹家围栏了，被热丹一棍子打歪了。艾米斯哭了一场，给黑热乐岱脖子套上了木套子，那是一种用三截木棍子头尾相接做成三角形的东西。戴上这玩意儿它就不能钻围栏了。那模样像极了古时戴了枷锁的囚徒。

"唧唧唧——"乌尼尔唤着羊，等黑热乐岱靠近了，塞给它一块儿冰糖。

乌尼尔十一岁时，沙窝子地分了草场。刚开始时她不知道什么叫做分草场，她把羔羊群赶到老井那边饮水。热丹的妻子，一个高挑的瘦女人持着细棍来了，叫她赶紧把羔羊群赶回去。

从那年秋天开始，雅西拉在自家分得的草场上掘了第一口井。第一口井离家很近，从屋子里就能瞅见雅西拉挑着铁锹掘坑的身影。第一口井掘到马脖子高时遇上了坚硬的绿土层，这里人称其为黏土。这种土拈在指尖上软软的，用铁锹掘，却变得极其硬，还粘住锹舌，甩脱不去。

掘第二口井时雅西拉选了长着灌木丛的沙沟地。这口井比想象得好，刚掘到驼背高就见了水。只是隔了三天，塌了。掘第三口井时，乌尼尔到小镇里读书去了。那时她已经超龄了，所以直接插班三年级。

"把书念好，念好了就能走出沙窝子地。"

有几次离家回学校，艾米斯这般叮嘱乌尼尔。然而乌尼尔却没把书念好，读到初一便回来了。她回来的夏天，雅西拉开始掘第七口井。

第三口井的位置离家最远，在草场的东南角，那里光秃秃的，地表上除了大大小小的石头外，什么都没有。选这么个地方掘井，雅西拉似乎是故意为难自己。他在那里学着旱獭一点一点地刨坑，刨了八九天，才刨出肩头那么高。他本想继续刨下去，只是一块儿巨石横在眼前，像是某个巨型动物的脊背。那天，他在井底睡了一觉。

"嫁了人，就能走出沙窝子地了。"

乌尼尔长到十八九岁时，艾米斯嘴上就挂起了这句话。艾米斯的娘家在后沙窝子地，那里和这边一样，也是个偏僻的原野地。只是那边比起这边不是特别缺水，凿个井也不像这边这么难。艾米斯二十六岁才嫁到这里，她本可以嫁到西草地那边的，后来选择了雅西拉是因为她觉得他脾气好。

"嫁人，就得嫁个脾气好的，找个和你阿拜一样的。"

乌尼尔听不明白母亲这些前后矛盾的话是真想她嫁远一些，离开沙窝子地，还是不管嫁到哪里，只要选个好人就行。

"汉人的话里不是讲'嫁了皇帝当娘娘，嫁了屠夫翻肠肠'，这女人啊，嫁得好不好都是命。"

"我才不嫁人呢。"

乌尼尔听烦了，直蹬蹬地驳回去。

"不嫁？还稀罕沙窝子地了？你又不是长在沙窝子的乌柳。"

沙窝子地有几株乌柳，叶繁枝茂的，好像把这里的天空往高举了举。如果不是这几株乌柳，整个沙窝子地感觉上比地平线矮了一截，虽然有很多沙丘土坡。

清晨的小雨过后，突然刮起了风。与春天的黄风相比，夏天的风暖乎乎的，催人生出满腔的烦闷来。风沙中，沙窝子地到处是呜呜声响，听上去好似石头都发出了叫声。这样的天气里得把羊群赶到老井那里饮水，大风天里往水桶装水是件很难办的事，风会把水吹到水桶外。

早晨艾米斯见下起了雨，她以为雨水会把摆出来的铁盆、铁桶、水瓮、菜瓮灌满水，甚至会灌满水塔。谁知天还没亮雨就停了，朝阳蒙着一层薄薄的云层升上来，接着便刮起了黄风。临近傍晚，风还没有停，乌尼尔只好赶着羊群往热丹家的草场走。黄风中，羊群静悄悄地行步着，仿佛深知为了讨一口活气，就得熬住如此的卑躬屈膝。黑热乐岱留在羊圈里，从雅西拉家到老井，绕着围栏走七八里地路，它走不了那么远的路。

到了老井口，乌尼尔跳到井台挑水，刚把水挑上来，风便从水桶里卷起水，好似一张大嘴藏在风里不停地吸着。

黄尘中，一个人影虚虚实实地挨近了。乌尼尔有些紧张，自从热丹把黑热乐岱的脚脖子打伤后，乌尼尔见到热丹一家人总感到一种说不出的情绪。像是生气，又像是惊恐。人影越来越近了，上半身隐在沙尘里看不清，鞋子却看得清楚，一双男人的黑皮鞋，很旧了，鞋前头向上翘着。乌尼尔心下想，那鞋子一定在风里扔了好久后又捡回来穿上了。乌尼尔低头挑水，她认出人影是热丹的儿子苏和了，那个前些年死了老婆的男人。

"下来吧，风会把你吹下去的。"

苏和说着把手伸过来，也不等乌尼尔应声就从她手里夺走井绳。乌尼尔跳下井台，心里暗暗催促着羊群快快把肚子灌饱。

苏和一桶一桶地往水槽里灌水，不说话也不看她，这倒令乌尼尔心里放松了许多。

苏和的妻子原本是在镇里开了家理发店，嫁到沙窝子地后，就把理发店关了。她病逝前，沙窝子地人大都去苏和家理发。乌尼尔也去过，那时她十五六岁。那时她叫苏和为苏和哥，如今也是这么叫，只是她很少叫了。

"好了，够了。"

苏和下了井台，喳啷一声盖住了井盖说道："家里有吃的水吗？"

"有。"

乌尼尔抄起细棍敲水槽，好让最后几只羊动作快些。

"你穿得也有点太少了吧。"

乌尼尔的衬衫随着风鼓起来瘪下去，像是在故意迎合苏和的话。乌尼尔没答话，追着羊群离去。走了不远，苏和又说了一句，乌尼尔没听见，也没想听见，她加快了脚步，大声地叫喊着，让羊群几乎小跑起来。

四

第十口井也是瞎的——不生水。

"要不咱喂个啼初①吧？"

有天傍晚，艾米斯站在窗前手拿着苍蝇拍对着雅西拉说道。

---

① 啼初：蒙古族民间传说中的放牧骆驼的幽灵，居住在洞穴里，牧人用酒请回来喂养，可以帮助牧人完成心愿。

"啼礽？"

"说是很灵的。"

"要喂你自己去请回来。"

"哪有女人请的。"

艾米斯嘟哝着，她一嘟哝雅西拉便没了话。如果她把嗓门提高了，他就要说那一句：你还真是个老鹰。这些天他心情糟糕透了，他还没从第十口井带来的懊恼中挣脱出来。

几日后的夜里，雅西拉揣着瓶酒酒杯到了路口。他坐在路口，给酒杯斟了酒。月亮还没升起，天空里满是星辰。没有风，也听不见夜虫的叫鸣。夏天就要结束了，如果再不下雨，到了秋末就得卖掉多一半的牲畜。秋季里没长膘的牲畜是挨不过冬天的。

雅西拉喝了几杯，又倒了一杯放在地上。雅西拉不知道那个叫啼礽的"东西"究竟长着啥模样。听老人们讲啼礽爱喝酒，喝醉了就会显形，独腿独眼，浑身长着毛，和传说中的鬼魅差不多，若把它请回家服侍舒服了，它能帮忙。

"请回来咱就问问哪儿能出水？你说呢？"

艾米斯的话在雅西拉脑海里回响着。

"要问你问。"

"我问，你去请回来就行了。"

头一夜雅西拉把自己喝晕了，第二夜，又把自己喝晕了。接着一连四天，他都去了，到了第五天，他不想去了。艾米斯就求他再坚持两天，如果请七天也请不回来，那就算了。

到了第七天，雅西拉还是把自己给灌醉了，睡到凌晨醒来后发现酒杯空了。

雅西拉不确定自己是否真的把那个叫啼礽的给请回了家，艾米斯却很确定。从那之后，每天早晨艾米斯都要挖一勺酥油一勺炒米，撒一把砂糖拌成小球，搁在小碟里放到小桌上。她说那是供给啼礽吃的。有时候，她也会斟一杯酒放在小桌上，顺便还叨叨几句。

乌尼尔不信这世界上还有个叫啼礽的怪物存在。

"你还小，不懂这些。你祖母跟我讲过，只要你供好啼礽了，它就高兴，高兴了，它就会保佑你。"

"保佑我？啼礽是个鬼，又不是神。"

"你这孩子，讲什么昏话。"艾米斯说着把眼瞪圆了，乌尼尔看着母亲不由联想到了老鹰，心下承认母亲严厉起来真有点野幼儿。如果不是见过她为了黑热乐岱哭红了脸，乌尼尔真觉得母亲没有父亲温和。

眼看着三伏天就要过去了，沙窝子地还没下一场透雨。雅西拉踩着梯子下了水塔把水塔清理干净了。往年八月下过几场雨，他想这一年兴许也和往年一样。然而，到了八月中旬还不见雨。雅西拉决定掘第十一口井，他下了赌注，如果仍凿不出水来，他就把牲畜都卖了，离开沙窝子地。

"能去哪儿呢？"

"哪儿不能去？到小镇送馒头、扫树叶、捡破烂，干哪个不行？"

还没等雅西拉抄铁锹掘最后一口井，稀罕的秋雨来了。

"一定是啼礽把雨给送来了。"

艾米斯站在雨里，语调里带着颤音。雅西拉从水塔那边小跑着过来，脸上湿湿的，他那件米色衬衫还穿在身上，此刻紧贴着他的身板，衬得他整个人又瘦了一圈。

"满了没有？"艾米斯哆嗦着问道。

"满了——"

乌尼尔把菜瓮从仓屋里转着圈挪到屋前，三口黑身水瓮，在乌尼尔眼里像是三口从土里长出来的井。

"我烧炉子，你给啼衩烧几杯酒，咱好好供它——"

艾米斯生了炉子，挖来一勺酥油撒进炉膛内，炉膛内一阵轰轰响，屋内弥漫起刺鼻的香味，艾米斯摁住胸口咳嗽起来。乌尼尔觉着母亲艾米斯被自己的谎言蒙蔽着，变得憔悴。

乌尼尔不信暴雨是被啼衩给请来的，她真想把小桌上蒙了灰尘的炒米团给扔进炉膛内。

"等你活到我这岁数，你就信了。"

乌尼尔想象不出自己活到母亲这个岁数时的模样，她也想象不出母亲在她这个年龄的时候的样子。

"信与不信，雨是下了。"

乌尼尔没把这句话说出来。

五

初冬过去了，水塔里的水见了底，本该一场雪来填满水塔的。然而，雪好似也学着雨的脾性，迟迟不降临。

艾米斯依然每隔一天到老井拉水。

"明早我去拉水。"

那场暴雨后艾米斯一直咳嗽着，服了几包草药都没能见好。

"我去吧。"

雅西拉从一旁说道。

"您抽空做几个木套子吧，察嘎莱昨天钻了五叔家围栏。"

"哦哒，我的察嘎莱，它都十四岁了，牙也磨平了，能啃几口草？"

艾米斯说一句，咳嗽一句，断断续续地才把话讲完。

"活着，就得啃草。"

"那年，要是没回来就好喽，那会儿还没分草场。"

见艾米斯又把这句话扯出来了，雅西拉像没了耳朵似的不搭腔了。

翌日早晨，乌尼尔早早地牵着牛出发了。初冬的晨风干而冷，走着走着就觉着额头发僵，像是冻成硬硬的薄皮了。土路边的乌柳光着树干，瞅上去显得比白天高出一截。也不知为何乌尼尔想起苏和在乌柳下跟她讲过的话。

有一天，乌尼尔在乌柳下捡柴火。苏和骑着摩托车过来，本该突突地驶过去的他停下来，冲着她喊："嚯咦，捡柴火呢？"

"你不是看见了吗？"

"口气好冲啊，我惹你了？"

苏和说着走到她跟前来，乌尼尔摆开绳子匆忙地捆柴火，从她动作能看出她想在最短时间内离开。

"水塔里的水还能饮牲畜了？没生虫子？"

"羊群又不怕虫子。"

"听说你家养啼初呢？"

"嗯。"

苏和的眼睛小小的，像是在圆鼓面颊上横切而出的，瞅着给人一种不透风的憨样。乌尼尔觉得这样的人不应有那么多话。

"显过形吗？"

乌尼尔摇摇头。

"不是说喝醉了就能显形吗？灌醉它啊。"

乌尼尔这次把头摇得幅度更大，仿佛要从脖子上弹去。苏和向东望望，又向西望望，最后盯着乌尼尔说道："给，你的。"

苏和递来一封对折的信，也不知信封从出发那一刻到乌尼尔手里究竟走了多少天，封面沾着锅底一样的黑，还有水渍。乌尼尔接过信翻翻着看，猜不出是谁寄给她的。

信是乌尼尔初中同学的哥哥写来的，这叫乌尼尔觉得很突然。男人笨拙的言辞和毫不掩饰的爱意，搅得乌尼尔生了几天的闷气。她本想读过了就扔进炉子的，但又觉得有些可惜。她把信压在炕毡下，等着哪天撕掉。

"过些天去你们那里收甘草，你家有甘草吧？"

从两页信中，乌尼尔只记住了这句话。然而，这个"过些天"却遥遥无期，都过去几个月了，"过些天"还没有到来。就在乌尼尔差不多忘记信的事时，一个驾着皮卡车的男人来了沙窝子地。

男人有二十七八岁，茶黑色脸，白衬衣黄裤子，长腿长胳膊的，怎么看都不像是转着原野地收购甘草的二道贩子。

"我家草场上指头长的甘草都没有。"雅西拉把"指头长的甘草"这几个字咬得清晰，语调间夹杂着疲倦与慵懒，好似为贫瘠的土地感到悲凉。

"怎么会呢？额热贝敖包离这里又不远。"

额热贝敖包距沙窝子地三十里地，那里有红甘草。红甘草早已闻名于世，只是地盘太小，纯属稀罕物。分草场前，到了夏天艾米斯赶着羊群到那里倒场。那里也是艾米斯一直念叨的"不该回来的好地方"。

"看来你是没走过沙窝子地，这地方啊，隔道围栏都不一样——"

男人住了一晚，跟雅西拉拉了半夜的话。其实那不叫拉话，多数是他在讲，雅西拉在听。雅西拉总把话拉死，他得绕着圈子把话拉活。乌尼尔包了饺子，三人吃饺子时，男人的眼神好几次穿过饺子上面的热气射到乌尼尔脸上。

"阿姨在小镇哪家医院？有没有给她捎的东西？我给带过去。"

艾米斯的咳嗽从冬天一直延续到春天，过了惊蛰后，她到小镇住院去了。

"不用不用，过几天就回来了。"

第二天，男人走前嘴上在与雅西拉问着话，眼睛却一直在追着乌尼尔问：信呢？读了没有？

男人走后，乌尼尔又读了一遍信。这次她没读出"笨拙"与"心跳"，只读出好听的句子和一个穿黄裤子男人的眼神来。

她把信烧了。

六

雅西拉开始掘第十一口井，这次他用大把时间选位置。东边的沙碛地、西边的沙沟地、后边的灌木地，他走了一遍又一遍。有次，他从午后走到夜里。月亮升起，裹着一层灰白的光，好似原野地的寂静搞得它更寂寞。雅西拉弓着背捎着铁锹——他总是丢不开铁锹——走着。都已经过去十多天了，他还没选好位置。他感到一种说不出来的恐惧，觉得脚下这片土地很陌生，陌生得使他怀疑自己是不是出生在这里。他戴着肚儿圆鼓的布帽，帽子太小了，只把他半个脑袋拢在下面。他把帽檐压得低低的，将一双忧郁的眼睛藏在帽檐下。

艾米斯去了镇里后，乌尼尔把小桌上的炒米团丢到野地里。雅西拉也没阻止女儿，他也觉得艾米斯说的啼礽根本就没存在过。

"这下好了，永远别想掘出水来，惹恼了啼礽，它会把你的眼睛给迷住，你就在黑里走吧，一直走。"

艾米斯回来后见小桌上空空的，用一种几乎是绝望的语调说道。她的病是治好了，人却变了样。大热天里还穿着棉袄，袖筒里垂着两只胳膊，细细的，像是两条无处可坠的铃舌。

"哪有那东西了？如果有，早显灵了。"

"要不咱去问问喇嘛？"

"不去。"

雅西拉最后把位置选在距乌柳不远的凹地，他想，既然树还活着，那附近应该是有水的。虽然紧挨着乌柳他掘过第五口井。

"别掘了，咱的草场没水——"

乌尼尔有几次想这样说，但每次话到嘴边都咽回去。

第十一口井已经掘到半腰深了，再往下掘就得乌尼尔来拉土。雅西拉不想叫女儿来帮他，他已从女儿的眼神里看出他最不想听到的那句话：这口井也是瞎的。

雅西拉坐在土包上，望着沙窝子地。这片土地养了他五十多年，如今却吝啬得一滴水都不赏赐他。他抓来一把土，仔仔细细地看着。想起有人给他说过的话：就算是神来索取，也不要从我故土上拿走一粒。然而，眼下呢？故土却要赶他离开。

能去哪里？

雅西拉擦去眼角的泪，而那泪仿佛要逃离他干瘦的躯体，不停地涌出。

"你祖母老了后，老是坐在屋前，就这样——"艾米斯坐在到屋前，继续说道，"一坐就是一整天，那会儿她的眼睛已经什么也看不见了——"

"她在想萨仁诺尔湖。"

"不是，她在等雨。"

乌尼尔抱来羊毛毡叫艾米斯坐到上面，艾米斯摩挲着毛毡说："这是我的嫁妆。"

"哪有嫁人还带这东西的?"

"我来时,咱家只有一条毛毡一条被褥,哦,还有一头母牛,那是我阿拜给的。"

乌尼尔向乌柳那边望望,天快要黑了,雅西拉还不回来。

"我嫁你阿拜时没有办婚礼,等你嫁人时一定要弄个体面的婚礼。"

"为什么不办?"

"哎,那会儿不能办——"

"不能? 这事还有不能的?"

"等你嫁时,额吉给你做四套被褥。"艾米斯几乎是自言自语地说道。

"我不嫁。"

"尽讲胡话——"

艾米斯把手笼在袖筒里盯着夕阳,好似要把夕阳也卷在布团里,等女儿出嫁时一起嫁出去。

其实,乌尼尔早已想好要嫁给谁了,也想好把黑热乐岱当嫁妆一起带走,它是她一手养大的。她只是没想好如何把这件事说给父母听。

这些天,乌尼尔清晨去老井那边拉水,每次去,苏和都在那里等她。再后来,苏和抱了她,亲了她,还把手伸进了她的衬衫下。他的手心长满硬茧,乌尼尔感觉那只手是从石头里生出来的。

"阿拜,我还是嫁给苏和吧——"

乌尼尔冲着井底喊,这是她想出的法子。她不想看到父亲听到这句话时的表情。井底马上变得静悄悄的,乌尼尔退后几步,坐到土堆上随手扔去一根绳子。一会儿雅西拉上来了,坐到土堆上,擦去嘴角上的唾沫,又抠了抠眼角,最后取下帽子把指头插进头发里抓了抓。

"那,那个后生呢?"

"二道贩子?"

"收甘草的。"

"不知道。"

雅西拉望着沙窝子地，久久地望着……

"阿拜想这口井有水。"

"嗯。"

"嗯是什么意思？有还是没有？"

"不知道。"

七

举行婚礼的那天早晨，艾米斯忍不住又哭了一场。她躲在羊圈里，假装在那里忙碌着。她给黑热乐岱腰上抹了一点红，又给另外九只羊抹了红，它们是乌尼尔的嫁妆。从得知乌尼尔要嫁给苏和的三个月里，艾米斯几乎每天都会哭。很多次她用被子蒙住头，把泪往枕头里流。

"嫁谁不好，非要嫁他？"

艾米斯的语调间含着哀求与恼怒。

"嫁谁不是嫁？"

乌尼尔的语调也是哀求与恼怒的混合物。

"你是觉得自己长丑了还是长笨了？"

"是啊，如果不是因为这个，当初我也不会退学。"

乌尼尔顺水推舟地接着母亲的话把这句给放了出去，她的语气很冲，好像脖子上的红痣使她变得丑了许多。

艾米斯听了整个腮帮怪异地抽搐着，泪从眼角帘子似的洒落下来。

腊月的天，羊都冻得把身子缩成一团。艾米斯往羊身上抹着红点子，本来想抹一点点，可羊把身子一缩，红就变得很小了，等到中午，天气暖和了，羊把身子一放松，整个羊背几乎都快成红色的了。

"这天气，鬼都会冻死——"

艾米斯见羊背上的红变大了，发着牢骚。

天黑后迎亲的来了，看着一身绿绸缎长袍的苏和，乌尼尔觉得新新的袍子衬得他脸色又灰又暗。乌尼尔又瞅瞅自己身上的长袍，也是新新的，红红粉粉的很是扎眼。如果不是头饰给她一种神秘感，她几乎都忘记自己是新娘了。

"你祖母结婚时戴的头饰，专门留给你的，让你出嫁时会体面些——"艾米斯说一句，擦一下眼泪，搞得乌尼尔心里很是不好受。乌尼尔本想说些什么宽慰一下母亲，但是有人给她蒙上了头巾，于是她只好沉默。

送亲的时辰定在辰时，那是老喇嘛给看的。出发的方向和到达的方向，也是老喇嘛给定的，从雅西拉家向东南出发，从热丹家西北方向抵达。这样整个队伍得绕着围栏走二十多里路，虽然两家的直线距离只有三里地。

深冬的清晨，和午夜没啥区别，黑黑的，马蹄踩着冰冻的地面发出嘚嘚的声响。

"把头巾摁紧了，不要叫野风刮走了。"艾米斯叮嘱了三次，好似那"野风"是个长着胳膊腿的家伙，趁机把新娘掠走。

没多一会儿，乌尼尔觉得脚冻得生疼。她用靴子不停地磕马肚子，好让马走快点。可马的缰绳被送亲的嫂子牵着，刚疾走几步，就被嫂子拽了回来。乌尼尔只好紧紧摁住头巾，不让风掀开。

有人唱起了送亲歌——骑上紫檀色的马儿，向着展旦召走呀，赡部州（宇宙）的孩儿们，世代得到苍天的保佑——

乌尼尔觉得脚已经冻成一坨冰了，抬起腿踢马肚子，却发现脚已经失去了知觉。她隐约感觉身子向后仰，乌尼尔知道马已经在爬沙梁了，一会儿身子又向前倾，她明白马又开始下沙包了。

——骑上银灰色的马儿，跨过银斑的冰呀，戴上银饰的闺女呀，出嫁到遥远的地方——

歌都唱了十几段了，还不停。乌尼尔冻得眼角直流泪，她咬住嘴唇不让自己发出哭声。

一阵不紧不慢的前行后，透过头巾她终于望见两笼火苗了，接着是一阵嚷嚷声。有人喊：快去，把新郎的腿脚给收收。这是一种风俗，新郎和伴郎离开送亲队往男方家去了，得有人去追新郎抢夺帽子。

嗷嗷嗷，男人们大声地叫着笑着。

"哎呀，好马——"有人喊。

乌尼尔知道那是追去的人没能赶上新郎。

过了笼火，又是一阵疾驰，这是送亲队伍在绕热丹家的毡包。从毡包内射出来的灯光忽近忽远，马蹄踏起的尘土在灯光下浮荡着，白蒙蒙的，像是地上突然冒出来的浓雾。马的速度远比路上快了许多，三四十匹马，从灯光间闪过。发麻的腿脚缓过来了，有种钻心的难受劲儿使乌尼尔不得不绷紧了身子。

吁——马突然停住，乌尼尔差点随着惯性摔下马背。牵马的嫂子拉住了她胳膊，低声地说道："嚯咦，坐稳了。"

乌尼尔这才松口气，擦去脸上不知是泪还是汗的冰凉的液体。

送亲队伍到了毡包前，毡包是专为婚礼准备的。毡包前铺了几张毛毡，有人将乌尼尔的马牵到毛毡上。又有人拿着一碗鲜奶，绕着乌尼尔的马大声地吟诵着婚礼赞词。一会儿那人把鲜奶抭在马的额头上，马鼻子喷出浓浓的热气来。乌尼尔看着雾气，也深深地吸口气，又呼出去。

开春后，苏和拆去了自家和雅西拉家草场中间的两道围栏。

母羊黑热乐岱的腿伤还没能恢复好，走路仍是一瘸一拐的。它的脖子上还戴着套子，苏和几次想要摘去，乌尼尔没同意。还有，它本该在苏和家的羊圈里过夜，可是，它总是逃回雅西拉家。拆围栏前它逃，拆了围栏后它还是逃。

透风的墙

路口的老树不见了，也不知老树遭遇了什么，只留下灶台高的树墩。树墩上坐着艾老，一旁是他的老伴。如果青苗先生没有记错的话，这对老夫妇是小村婚龄最年久的夫妇。车刚驶进村口，青苗先生便发现了树墩上的老两口。他冲着司机喊：停停停——

车并没有立刻停下来，轰地冲去，造出人高尘墙，模糊了青苗先生的视线，也吹乱了艾老一头白发。

停下——叫你停啊。

嘭嗒嗒，车终于停了下来。又几声嘭嗒，车门开了，青苗先生急匆匆地下去。下去后，立在那里，待尘土散去。他的两条长胳膊紧紧地夹着腋窝，像是被人挟持着。艾老的妻子向这边望着，待车远去了，黄尘中凸显出青苗先生时，她将脖子扭过去，向着路口望去。下车的人不是她儿子，那人蹑手蹑脚的，一点都不像她儿子。

艾老也认不出青苗先生了。

青苗先生本想在小村供销社旧址那边下车的，但是在路口望见艾老夫妇后，他改了主意。

青苗先生没想到还能见到艾老，更没想到，自己一眼就认出了艾老。都过去三十多年了，多么漫长而遥远的时光。他感到一种按捺不住的喜悦鼓动着他，他将挎包往身后一掂，冲着两位老人大步走去。然而，没等他走过去，艾老见有人走来，嗖地站起，拽住老伴的手，转身走去。

青苗先生不得不停住脚，僵在那里，低喊一句：老艾叔，是我。

艾老没听见，就算听见，估计也不稀罕。这年头，这种人多如牛毛。他们风风火火地来，将废墟、荒草连天的小村当作一顿午后茶，品完了、品足了，发几声哀叹后，抬脚便离去——好似生活已不在这里。

路还是那条土路，没变。三十多年前，这条路就是这个模样。两人并肩走，便能把路堵住。然而，它是小村的脐带，日复一日地在山沟间养活着小村。那时，青苗先生和羊群走这条路。早上一趟，晚上一趟。早上羊群叫着，晚上他唱着。营生不热闹，干活的独自热闹。那时，大伙儿叫他苗儿。他在村里当羊倌。他不是本村人，他的故乡也不在这边。

青苗先生掉转身子往村子走去，走几步，回头，再走几步，又回头，觉着短短几分钟内，小路在他们三人之间把身子掀翻了，抖起尘土，隐去了一切，只留下一道通往记忆的光。

青苗先生忆起那件事来，那事发生在他十六岁时的某个夜晚。

那夜，苗儿睡在土炕上。他睡得沉，没有一场梦打搅他。那夜，天黑后老艾——那会儿村里老少都这么叫他——回了村。他家灶台上的煤油灯干了油，在等着他灌，他这是买回煤油来了。咣啷一声，老艾推开院门进了院子。院内满地灰蒙蒙——那是月亮照在他家院子里。满院的灰蒙蒙，老艾觉着自己踏进了一场浓雾，月亮像是只照着他家的院子。

老艾冲着屋门窗看，屋门窗黑黢黢的，有点害怕老艾的样子。那瞬间，也不知为何，老艾觉得有点异样，觉得月亮的光有些躲躲闪闪。他关掉院门，回屋子。也许，月亮真的是只照着他家院子，老艾忽然感到院子里比往常亮了好多，靠墙倒扣的腌菜瓮上横竖闪着几道光，屋角处的影子也比往常暗了几倍。还有，他惊奇地发现，屋檐似乎也弯了个浅腰，迎着他摆出一副低眉顺眼相。老艾不由得轻轻地咳嗽了一声。他自己都觉得这声咳嗽真多余。

囔嗒，老艾推开屋门。但他并没有立刻进屋子，他莫名其妙地回头瞅了瞅天空里的夜色。这时，屋内传来几声咳嗽，低低的、躁躁的，老艾立刻听出那不是他女人的咳嗽声。老艾把着门僵住，进去吧——咳嗽声烫烫的，往脸上扑热浪。不进去吧——月光生了喙，往身上啄。

滋滋溜溜，老艾听到自己鼻腔内笨笨拙拙的声响。哗啦，把门板大开，往前一挪脚，人已经在屋里了。欻一下，火柴亮了。老艾看到一张死人的脸，灰白的，仿佛在水里泡了多日，还有死脸上前后镶着四只空睁的眼。老艾一愣，眨巴眼，细瞅，明白过来了，是他的女人的脸藏在死脸后面。

噗——老艾吹灭了火柴。

又一阵咳嗽，这次闷闷的，好似笼入被窝下。

老艾摸黑找到煤油灯，灌了油，掐了芯，划着了火柴。

这下，老艾看见那张死脸上的鼻眼口眉活过来了，正跟着他移来移去。他的女人已下了炕，站着。老艾不看他的女人，他不想看。他把头一低，看到他的女人的一对出水鱼一样的光脚。脚趾抠地，好似要抠出地缝来钻进去。陡地，老艾的心成了瓜茎，抽缩成一团，怎么也抻不直了。他走过，把门上了闩，从躺柜摸出一瓶金骆驼酒。本想等到杀猪时喝这瓶酒的，可是，要等到那会儿——好久远的日子。将酒瓶上下捣捣，拿牙齿一卡，咔，瓶盖儿落地了。老艾坐到炕桌前，伸手一扒拉——桌上的头巾啊短衫啊针啊线啊的统统不见了。喔，老艾将酒瓶往桌上一放，冲着那张活过来的脸点了一下头。

这张脸可真是变幻莫测，短短几秒间，活一下，死一下的。见老艾点头，又成了蜡白的死脸。老艾往桌屉一抓，抓来两个酒杯，添满了酒，推过去一杯。老艾只盯着自己跟前的酒杯，许久后，几条黑黑的指头从黑里探出来，捏紧了酒杯。几声闷闷的滋溜后，空酒杯回到桌上。老艾又添满了酒。

老艾轻轻地咳嗽一声，他的女人便懂了，将煤油灯移到炕桌上。这下老艾看清了，是村子洋铁匠的徒儿——小寒子，一个年纪轻轻的黑小子。眼眉上覆着厚厚的刘海儿，下方是一张棉裤腰嘴，大大的，皱皱的。至于长着一对什么眼，老艾不看。

小寒子也不迟疑，把酒咽了，空酒杯往桌上一放，人就斜吊在炕沿，俯身从地上找鞋。找到了，抓到手里，觉着小，原来是女人鞋。匆匆地放回去，又找，找到一只，把脚挤进去，找另一只。炕脚黑黑的，胡乱摸，摸到了，拽，拽不动，上面踩着一只大脚，那是老艾的。

老艾干掉第二杯了，小寒子只好跟着干掉第二杯。第三杯、第四杯，老艾一口接一口，小寒子也一口接一口。老艾的女人掏了炉子，劈了柴，坐了锅。她做这些的时候，静悄悄的，仿佛是一道影子在那里游离。

一瓶酒下去了，老艾和小寒子没交谈半句话。炉上的锅冒热气，老艾的女人不知道要下什么，见水开了，添了半勺生水。老艾找来第二瓶，这酒是老艾的小舅子从城里带来的，一九八六年的河套王，一直舍不得开口。今儿个打开了，把所有的"舍不得"都撕开了，只留下"舍"与"得"之间的一条独木桥。走过了，是独木桥，走不过，是丧命桥。

比起金骆驼，河套王有点发甜、润，攻起心来也不见锋芒，却暗藏火候。老艾觉着舌头开始发麻、发涨，口腔里满满的，他知道自己要醉了。他顺着灯芯的摇曳瞥了一眼小寒子的脖颈处，尖尖的喉头，上上下下的。老艾心下明白了，小寒子一点醉意都没有。真是长了吃铁的肚儿——不然就不会给洋铁匠当徒儿了。洋铁匠打了一辈子铁，把个人打成了铁板身，精瘦精瘦的，夏天穿个半腿裤，不见腿肚儿，只见两条棱柱来。给他当徒儿的人，在他那里很难熬住，待个三五月便离去。只有这小寒子，居然已有六年光景了，六年来，他持着大铁锤，日夜叮叮当当的——当师父的不用大铁锤。铁铺子里满满的一屋锄头、镰刀、犁儿、夹子、钩子、钳子，小寒子睡在上面——老艾头一次见小寒子时，小寒子就睡在一堆铁器上。老艾觉得，那些叮叮当当的日子，叫小寒子一下子从十八九岁跳到三十好几了。

半瓶河套王下去了，小寒子从炕沿盘回了腿，直直地坐到老艾的对面。老艾也盘回了腿。两个男人，夹着方桌、油灯和半世的缄默对饮起来。

又是一阵沉默中，河套王见底了。老艾想了想，把三斤散装的二锅头端上来。这是他几个月前从城里打回来，本想跟村里的劁猪匠喝几口的，可是劁猪匠犯了心梗，走了，撂下这坛子酒。

也许是熬不住炉火的烘烤，小寒子脱掉外衫，揉抓着擦脸。不用瞅，小寒子背心下的身子是刀枪不入的结实。老艾突然想，某一天，小寒子会靠着这身结实把一个女人娶回家。然后将女人往自家炕头铺展开来，就像是把生活铺展开。这之前，小寒子仿佛是只逮住刺猬的猫，围着刺猬抖圈圈、翘尾巴、挠爪爪，等待最后的一扑。扑上了，脸上尽是刺。扑空了，回去磨爪子。此刻的小寒子，就是那只满脸扎了刺的猫。不，不，不是小寒子，是老艾他自己。老艾觉着，眼前的小寒子，是只毛发油亮的、偷吃了主人家牛肉的、不动神色的猫。而猫主儿也不是个怂茬，不揍它，而是把它关起来，在春光烂漫的日子里，叫它守着焦躁与空落，任它发出忍无可忍的骚叫。越叫，越凄苦。

老艾想，也许该找个绳子把眼前这只"猫"捆起来。

哐啷，锅盖掉地了。老艾冲着自己的女人说一句："去，把'黑哥儿'给宰了——"

女人一手抓锅盖，一手抓马勺，痴痴地盯着老艾。从老艾进屋后的几个时辰里，女人这是头一回抬眼看丈夫。

"去啊——"

老艾说着大大地咽了一口二锅头。小寒子也大大地咽了一口。那么辣的酒，两人咽下去后，不皱眉不吐舌，好似在大热天咽了口凉水。

老艾的女人把门拉开，一股子野风灌进来，撞得灯苗儿折了身子，乱扑腾。

月亮已飘至西山头，蒙着厚厚的云纱，院子里的透亮淡去了。村东的山黑黑的，占了半个天地，好似趁夜挪了脚，挨近了小村。老艾的女人到了鸡舍前，刚要弯腰，迎面嗖地闪过一团黑。追着瞅，啥也没瞅见。把手伸进鸡舍，摸鸡腿，摸出五六只鸡来。却没有摸出"黑哥儿"，继续摸，摸得满嘴呛呼呼鸡屎味。

不见"黑哥儿"啊。

再摸，数鸡爪爪——还是不见"黑哥儿"。

女人也不敢进屋问老艾，定夺定夺，顺手掐住了"红花"的脖子。

没一会儿，女人坐到石凳上烫鸡毛，手在"红花"尸体上忙碌，耳朵却守着屋内的动静。都过去大半个夜了，两个男人相互还未递半句话。屋内外静悄悄的，偶尔传来呼噜噜的声响，那是有人往酒杯添酒。

许久许久后，云掀去了薄纱。月照得"红花"的羽毛泛着红辚辚的光。曾经，靠着这身红艳艳的毛，"红花"在村子里显足了威望。然而在眼下，这身漂亮的羽毛，真的是很多余。剖开"红花"的腹，拖泥带水地抓出半盆肠肠肚肚来。女人起身，端着盆，进了猪圈，一会儿出来，盆里空了。

三斤二锅头，剩下一半了。

老艾下地，走了出去。正在案头切蘑菇的女人见丈夫走了出去，也匆匆跟着出来，手里还持着菜刀，好似屋里有鬼。院子里没有了那片朦胧，老艾忽然觉得院子比原先大了一圈，他自己小了一圈。他回头看了一眼自己的女人，他并没有看清女人的脸，只看到女人手里的菜刀。他觉着，这一夜，趁着月色，女人把什么从他身上切去了。他想，他再也不会帮着女人磨刀了。即便女人磨刀时会伤手，他也不会了。

老艾朝着院口走，脚底儿平平实实的。他知道，酒醒了，或者根本就没醉。

瞧着老艾的这一背影，女人觉察出老艾变了，变得比往常结实了。老艾是给村子里拉水的，成天开个拖拉机，早出晚归的，脸上总是满满的疲倦。而且，老艾也不胜酒力，偶尔下几口烧好的酒，别人啥反应没有，老艾却早已成了灯草拐棍，扶都扶不直。可眼下呢？老艾不但没有丝毫的醉意，走路都四平八稳的，像个削去了枝杈的树干。

咕咕咕——

鸡叫三声。

老艾的女人把蘑菇搁进了锅里。

许久许久后，鸡又叫了三声。

老艾的女人捞出"红花"来，"红花"是完整的，脑袋、爪子，都在。

咕咕咕——

鸡还在叫。

老艾的女人觉着鸡不该叫了，她走到院外，只见南梁上一片黑。白天那里可是什么都没有的，这当儿却黑乎乎的大圆圈。鸡叫正从那里传来。

咕咕咕——

看星辰，还没到鸡叫的时辰。鸡在乱叫。

老艾也听到了鸡叫，他也知道鸡在乱叫，但他不讲。他把"红花"的脑袋冲着小寒子摆好，举起酒杯，盯着。整个夜晚间，他这是第一次盯着小寒子的眼。小寒子也接住了艾老的眼神。

"把它吃了，你就回去吧。"老艾说道。

小寒子抓来鸡腿，一口，咬去了半个，又一口，手里只剩骨头了。小寒子刚要丢下骨头，去抓另一只鸡腿时，老艾突然说道："把骨头也吃了。"

小寒子愣住了，他把脸抬起盯着老艾。他的腮帮鼓鼓的，仿佛脸上长了两个小小的坟墓。

滋溜，老艾喝了一口，滋溜，又一口。煤油灯照在他额头上，照得额头像一面墙，几道皱纹横叉而去，深深的，切不断，抹不平。

小寒子把骨头放进嘴里，嘎巴一声，骨头碎了，嘎巴嘎巴，小寒子嚼起碎骨来。

老艾的女人坐在炉灶前，一动不动。

咕咕咕——

那夜的鸡叫声，苗儿也听到了。他醒来了，迷迷糊糊地抄件外衫披上，走出屋。晨色朦胧，露水压弯了草梢头，望眼望去，整个地面仿佛塌了一截。他向着羊圈走，这几天刚好是接夏羔的日子。走着走着，觉着不对劲，左右前后地看，看过了，眼珠儿吊到脑门上：好多人家的烟囱都在冒烟。眨巴眨巴眼，冲着天空瞅，月亮还在西梁上呢。看来，全村人都在半夜里烧起了炉子。

　　过了几个月，苗儿离开了小村。这一离开，便是三十多年。

　　到了村供销社旧址，青苗先生找个地儿坐下。四周无人。供销社的屋舍已经塌了一半，好几条椽子、檩子张牙舞爪地陷在残垣断壁上，杂草在墙头摇摆。往北望去，十多里的向阳坡，坡南腹，一堵院墙在枯草间挺立。再过去，那是艾老的家。风吹来，浩浩荡荡，忽然，野草间吹出一条隐藏的小径来。顺着小径，一个黑黑的影子，飞快地向坡上冲去。那是小寒子，在青苗先生记忆里，全村只有小寒子骑着自行车能一口气爬上缓坡。

　　小村东边的山，依然巍峨挺拔，只是即便不是在夜里，视觉上也变得离村子很近。

　　冲着来路眺望，空空荡荡的，好似，小路上从未有人走过。

　　突然，青苗先生被一个问题困住了：他是怎么知道这一切的？关于那个夜晚的一切，他是怎么知道的？

　　诡秘的夜色、透亮的蟾光、逃去的"黑哥儿"，难道是它们将这一切告诉他的？还有，他怎么知道小寒子嚼骨头时，老艾的女人咬破了嘴唇。

　　到底是谁把这一切告给了他？艾老？不会。艾老的女人？也不会。小寒子？更不会。怎么可能呢？对于他们三个来讲，那是一场浩劫。怎么可能把这样的事抖出去？青苗先生记得，小寒子比他先一步离开了村子。

　　那么，他究竟是怎么知道这一切的？

　　莫非是那只逃去的"黑哥儿"？可是，它只是个逃命的公鸡啊。

玛楠河礼物

相拥、缠绵了十多天的云层终酿出一场暴雨后，临黄昏时露出倦意，在六月的天空里七零八落地飘着。沙窝子里苟延残喘了十多年的玛楠河这下总算找回了以往的自我，发出嚯嚯的咆哮，浩浩荡荡地向北流去。

雨刚停下艾琳戈便往玛楠河走去，他没想到玛楠河会发洪水。他的羊群还在河对岸，这些牲畜没经历过猛烈的暴雨，未见过如此汹涌的水流。雷鸣、闪电对它们来讲是极其地陌生，它们会受惊，受了惊后会向家里逃命，哪怕途中遇上无法跨越的洪水。

艾琳戈穿着单衫，他没有雨披，也没有雨靴。在他眼里，一场暴雨是这片原野沙丘地的梦境，也是他每个夏季里等待的一次又一次的"艳遇"，他不需要躲开这一切。

攀过几道沙梁，艾琳戈终于看到了他的羊群，出乎他预料，羊群在一个凹地里聚成一疙瘩云，安静如画，距河岸还有半里路远。

从河槽地接二连三地传来沉闷的撞击声，那是沿河柳树连根瘫倒落进洪水里。河岸上的柳树都是野生的，风吹过去，一阵吧嗒吧嗒的声响，那是树叶上的水珠在落地。从某个角落传来狐狸喤喤的叫声，大概是洪水冲走了它们阴沟地里的老窝子。

艾琳戈感觉心旷神怡,凉凉的风拂面而来,似乎卷走了浑身的慵懒与燥热。他已忘记有多久没有遇到过这么清爽的空气了,他疾步走着。他急着去看洪水,去看它们的狂欢,它们的肆无忌惮,以及它们一去不复返的悲壮。此刻,放眼望去,蒿草、沙竹、鬼怕草等沙丘地带独有的植物草尖上挂满丰腴的水珠,夕阳射下来,满眼是跳跃的火苗。老远闻到洪水咸涩的味道。

四周是荒野地貌,松软的沙丘连绵起伏,没有一处是平展的。这里人烟稀少,寥寂又僻静。在这样远离喧嚣的地带,四十多年一成不变的生活塑造了一成不变的艾琳戈。他有着四十出头男人坚硬的目光,硬朗的身板,以及北极冰一样的缄默。这片原野除了赐予他沉默寡言、无动于衷的性格外,还将他锤炼成沙丘一样柔软又不可被摧毁。他弟兄七个,他排老四。父辈给弟兄七个留下一千亩草甸子,少得可怜,七人一人一大口,就会将整个草甸子吞噬殆尽。这里十年九旱,绿色如少妇。

如今,除了艾琳戈外,弟兄几个都离开了玛楠图沙窝子地。艾琳戈住在父辈留下的土屋里,土屋墙壁是用软泥一层又一层地抹过的。屋外,苍老的屋檐下总有几只灰鸽子悠悠地飞来飞去。小屋格子窗,糊了一层又一层麻纸,这样就把大量的光线挡在屋外,尤其是到了黄昏的时候,屋里更是酱着浓稠的幽暗。然而,艾琳戈却舍不得抛下这一切,他也习惯了这一切。而且,很多时候他觉得,他不仅仅是原野里的一个活生生的人,而是这片原野上的一棵会行走的树。

艾琳戈已经走到河岸上了,在与岸沿半步距离位置上他停住。灰白的洪水吞吐着泡沫,忽而向岸沿撞来一层层水波,忽而向空中掷去几股水柱。它们翻卷着,喧闹着,腾起层层水雾,瞬间打湿了艾琳戈的眼睛,同时也令他心潮澎湃,他感觉洪水是冲着他撞过来的。撞得他听不到洪水的咆哮与轰鸣。

艾琳戈顺着水流走了一段距离，在一个平缓的地段停下来。这里，水流打了个急弯露出较高的河床地，那上面横躺着很多被水流惯性冲出的石头。艾琳戈走过去，他得找几块儿大一点的石头当腌菜石。

艾琳戈大步走着，鞋子陷进软泥里，越走步伐越缓慢。震耳欲聋的洪水声令他晕眩。他哼着歌，并时不时莫名地高呼几声。空中弥漫着黏稠、潮湿的水雾。他身上湿漉漉的。

在一块硕大的石头旁，艾琳戈看到了一大卷粉色布片，被泥沙、断枝、杂草和泡沫裹挟着。他怔了怔，撸去脸上的水雾，疑惑地走过去。他不确定那是什么，但猜出不会是单单的布片。清理掉树枝和杂草后，鼓鼓囊囊的布团就在眼下了，在整个灰白的河床上，阴柔的粉色犹如未熄灭的火苗。

惊疑与好奇使艾琳戈不得不去触碰那粉色布团，他用力一拽，粉色布团便很轻松地弹开，露出一张女人的脸来。布团原来是女人身上的一条肥大的裙子。女人面色煞白，微张着嘴，牙缝间咬着几条草屑。一对儿睁大的眼睛平静地眺望。整个神态安静，似乎不是被洪水冲过来的，而是刚从酣梦中醒来。一头乌发贴着面颊甩到脖子上。

艾琳戈倒退了几步，他不由得求助般地向周围看了一圈，同时无奈地确定了他自己的孤零。他走过去蹲在女人旁，慢慢地将手伸到女人鼻子下，而后又极快地缩了回去。他触到了女人冰凉的鼻尖。女人微张的嘴唇里冒着气泡。他看了看女人的腹部，小心地摁了一下，一股股浑浊的液体就从女人嘴里溢出来。

艾琳戈发愁了，他不知道该怎么办了。他从未见过如此惨白的面颊、如此殷红的嘴唇、如此娇嫩的肌肤。毫无疑问，这是一张美丽的面孔。虽然已经变成了尸首，但仍残留着女人独有的忧伤，这让艾琳戈心生惋惜。女人有着黄种人的黑色眼珠，矮鼻梁，宽面颊，平额头。

艾琳戈向河槽地望去，洪水不停地撞击着河岸，岸上的泥土被无形的爪子刨着，欻欻地跌入洪水中随水流逝去。

无用猜测，女人来自很遥远的地方。艾琳戈知道玛楠河源于几百里之外的一股子泉眼。多少年来，它如一股血脉，不断前进，像个受伤的士兵一样向着敌人的堡垒匍匐，最终涌入这片荒凉寂静的原野，好似只有这样才能表达它深沉的爱意。它代表着来自宇宙的爱意。

艾琳戈轻轻地清理掉女人口腔里的草屑，一截草屑被什么卡住了，艾琳戈不得不稍许用力拽，这时他听到了一声轻微的呻吟。这让艾琳戈惊骇，他担忧地望着女人的面孔，他知道呻吟是从女人喉咙里发出来的。慢慢地，他看出了眉目。

女人不是一具尸体，而是一个塑料娃娃。艾琳戈倒吸了一口气，恐惧被另外一种情绪替换。他剥开女人的裙子，女人赤裸的躯体就毫无保留地显露在他眼下。丰满的胸脯，光滑的腹部，圆润的大腿，细长的胳膊，以及涂了绿色指甲油的指甲，它们组成了一个奶色的女人躯体。

艾琳戈向周围凝视许久，再次确定，在这片原野里只有他是一个立着的生命。他绕着女人走了几圈，之后他走过去从女人脚踝处抓住，向河流拖去。与女人头发缠在一起的断枝、草屑和泡沫发出沙沙声响。不知是怎样的心情控制着艾琳戈使他这样浑身的僵硬，他自己也理不清了。他沉着脸，咬着牙，满脸的阴霾。他执着地拖着女人，河床上横竖躺着很多石头，他都没避开。因为用力过猛，女人的头部在石头上撞了几下，随后就传来一连串悠长的呻吟。艾琳戈停下来，回过头向女人看了看，继续走。

很快，到了洪水旁，艾琳戈握紧了女人的腿，这时突然传来一声更为真切的呻吟。他立刻停止，向女人的脸望去。

女人面颊依然光滑且惨白，蒙了一层水雾，好似是从那塑料面孔上渗出来的。无神的眼珠悠长地望着天空。天空是银灰色的海洋，没有一丝光和热。

艾琳戈犹豫了，他站在那里，放松了手。女人的裙子早已被丢在几十步之外的地方。艾琳戈看到被他拖出来的一条直直的凹痕，像是一条被截断的小径。女人张开僵持的双臂，仿佛在等待着拥抱。

震耳欲聋的洪水声依然，然而艾琳戈却听不到了。他皱紧眉头，回想着从女人喉咙里涌出来的呻吟。那分明是猫叫声，那种午夜的猫叫声。艾琳戈再次向周围安静地望了一阵，整个大地固执地保持着沉寂。但是艾琳戈明白，从那些张牙舞爪的蒿草丛中，从那些野柳枝丫间，一双双透明的眼睛正虎视眈眈地盯着他。

几步之外有一狭长的槽子，艾琳戈将女人拖向那里，推了进去，抓了几把沙粒和碎石扔在女人身上。然后他离开那里，赶着羊群回了家。

夜里，艾琳戈睡得深沉，直到第二天早晨水雾蒸发掉后才醒来。然而，当他醒后睁开眼的瞬间，他便想起了女人。女人美丽的面孔犹如窗外的光一样浮现在他眼前。于是他匆忙披上外套，脸也没洗就到了河滩地。洪水已退去，留下破败的河床，焦黄的泡沫，以及潮湿的空气。他将女人从小坑里抱出来，找来被他丢下的裙子裹紧了女人躯体，而后抱着女人回到家里，他决定先将女人藏在羊圈里的草垛下。

当他掀翻草垛的时候，腾起一浪浪尘雾，于是他用自己的外套罩住了女人的头部。他担心尘雾会将女人嫩白的脸蛋变得粗糙，不靓丽。这个时候，他有些忘记女人是一个塑料娃娃了。更准确地讲，他不希望女人是塑料娃娃。他不但忽略了女人是毫无生命特征的物品，更不会意识到自己正在成为一种俘虏。他开始关心女人了，这对他来讲是一种悲伤。因为他不知道女人其实是一个女演员的替身道具，那个演员饰演跳河自杀。然而在艾琳戈眼里，女人身上深藏着某种不可触碰的柔弱。

到了中午，赶走羊群后，艾琳戈把女人从羊圈抱到耳房里，在那里他铺了一毛毡，把女人放上面。他抖去女人裙子上挂满的草屑，又将把自己的外套披在女人身上。这么一来，女人神态中又多了一分寒风中的瑟瑟发抖。

下午，艾琳戈去草甸子看了一圈羊群后便匆匆回去，到耳房坐在女人旁。女人神色依然，被水雾蒙了一层后滋生的忧伤此刻也消失得无影无踪。见几只黑虫爬在女人发间，艾琳戈小心地、深怕惊扰女人似的揪去了。然而，女人倚着墙壁，安静地凝视着眼前的某个空间。

许久后，艾琳戈走到耳房外，站在门口仰望天空，湛蓝的天空没有几只鸟。

整个下午，艾琳戈都在陪着女人。他用他粗糙的指头捏了捏女人的脸蛋，用他失去痛觉的指头（指头冻伤过）乩了几下女人的脖子。面对女人的缄默，他感到莫名其妙的怆然。但面对女人冰凌一样洁净的面孔，他又有些庆幸女人从未有过生命。在他整个生命记忆里从未有过女性的闯入，这注定他要一生孤寂。他是被神灵遗忘在孤岛上的一只猛兽。这里的僻静与峣瘠是他活下去的沃土。一只凶猛的野兽是注定要孤独的。纵然，它是可以被战胜的，但它也要在属于它的沃土上死去。

傍晚，艾琳戈把女人背到沙窝子里，掘出一个沙坑埋掉了。他先是洗净了女人的裙子，而后帮女人穿好裙子，把女人的头发捋顺。某种程度上讲，他怜爱女人的瘦弱。但是，他没有触碰过女人脖子以下的肌肤。虽然他明明知道女人浑身上下都是冰凉如冰。他怕一种滚烫，来自女人身上的滚烫。女人没有任何瑕疵的肌肤令艾琳戈不敢有任何的非分之想。女人几乎要涌出乳汁的双乳令艾琳戈浑身僵硬，他有好几次想去抚摸一下，但举到半空的手始终没有伸过去。而且，有一次他还激烈地渴望吃一口那粉嫩的乳头，但立刻间他又感到羞愧难堪。

他将女人平躺在沙坑里，用自己的羊毛大氅盖住女人。然后他慢慢地填埋沙坑，他是那样地不情愿，他的动作缓慢，整整用了一个下午的时间。最后他在代表女人坟墓的一丘黄土旁呆坐了很长时间，直到夕阳隐入邈远的云层后，他才离开那里。

夜里，艾琳戈失眠了。他的心像轮圆月，静静地在他胸中亮着。

之后艾琳戈失眠了好多个夜晚，整整夜夜地，他无法入睡。艾琳戈憔悴了，眼窝深陷，颧骨高凸。对女人的思念变成了一种祭祀，女人如冰凌的洁净，是艾琳戈脑海中的图腾。

天气逐渐闷热起来，原野里到处是烧焦的风，好多天之前的一场暴雨已成为传说。河床干枯，只流淌着指头那么粗的水流。

这个夜晚，一轮碧绿的月升到高空中。艾琳戈听到羊圈里的羔羊呼叫的瞬间想起了女人。羔羊那种喑哑而又凄厉的叫唤直抵他灵魂深处的某个暗角。其实，艾琳戈懂得，在宁静的原野里这种声音无处不在。可是，他宁愿相信声音来自女人那里。

艾琳戈向沙窝子走去。他轻轻地吹着口哨，追忆着孩童时代的某一刻。很久以前，在他还很年少的时候，他曾有过无数次这样快乐的心情。

到了沙窝子地，艾琳戈直直走到女人坟墓前。因多日的风吹，土丘已扁平，只残留着那么点凸形。艾琳戈用手去刨沙。很快，他触到他那件羊毛大氅。大氅原有的淡淡膻味此刻已被浓浓的土香替代，他还发现大氅深蓝色罩子已变得几分焦黄。

当他掀去大氅的几秒间，他感到他的手明显地抖了几下。他有些焦急地向女人的脸部看去。月色下，女人的脸惨白如骷髅，一双眼睛还是那样淡然地睁着。艾琳戈将女人抱出来，轻轻地放在一旁，轻轻地拍掉女人身上的沙粒。之后，他背着女人回到了家里。

这次，他把女人抱进他睡觉的屋里，靠着炕头墙壁坐稳。

他点了蜡烛，驱走屋里的黑。火色烛光使女人面颊蒙上一层金色，也使一对儿黑洞一样的眼睛越发深陷下去。微张着的嘴看上去像是咝咝地吐着气息。女人的裙子已被艾琳戈撸去扔在一旁。

还是那身冰凌的，无瑕疵的肌肤。还是那样的丰腴。女人分明是一个柔润的巢穴。

艾琳戈战战兢兢地去触摸女人的头发，是的，他屏住呼吸，胆怯地将手指深入女人的发间，那里沾满了沙粒，于是艾琳戈找来一盆水，给女人洗头。

艾琳戈想让女人站立起来，可是女人不会站立。于是他让女人坐在腿上。水珠顺着女人的脖子往下滑。顺着水流下滑，艾琳戈不由得注意到女人的腹部，以及腹部以下的地方。

艾琳戈的手终于伸过去，那双布满硬茧的掌心触到女人光滑的、沾着水的后腰。它们这是第一次接触这样柔软的肌肤，比水还要柔软的肌肤，它们笨拙地贴着那里慢慢地滑动。

那夜，灭去蜡烛后的漆黑里，艾琳戈与一只灰狼打斗了整夜。这是一只傲慢而孤僻的狼，是一只不可被征服的幽灵。它瞧不起艾琳戈，甚至瞧不起他的原野，有几次它懒懒地攀上沙梁，回头凝视着艾琳戈，好似要把艾琳戈带到一个很遥远的、近乎于天边那么远的国度。面对灰狼，艾琳戈感受到从未有过的筋疲力尽。四十多年来，他第一次感觉自己原来是这样的软弱而不堪一击。但是，他越来越对灰狼百依百顺，最后，他成了灰狼的猎物。

清晨，睡意席卷而来之前，艾琳戈将女人背到沙窝子里重新埋掉了。在那个新的一丘黄土旁，艾琳戈叩首三下。

安静而干燥的沙窝子地成了他的祭坛。他安静地跪拜着，心里除了悲伤还有瑟瑟的痛。他多么希望，女人不单单是美丽的道具。在他眼里，女人哪怕是世界上最丑陋的女性，他也会死心塌地地爱下去。更何况这个世界上是没有丑陋的女人。

望着静悄悄的一丘黄土，艾琳戈咬着牙站起来。然后，他坚强地转过身。他告诉自己，转过身去，就意味着从祭坛上走下去了。

之后的好多个夜里，艾琳戈失眠了。

渐渐地，艾琳戈神志颓废，眼窝成了一对儿酒盅，盈满忧伤的液体。

白天里他赶着羊群走过那片埋着女人尸体的沙窝子时，总是忍不住地停顿下来。他忧伤地望着那里，好似看到了一具悬挂于空中的尸首。

有时候，他会选个土墩坐在上面，远远地望着那片沙窝子地。有时候，他又会找个很近的位置，纹丝不动地站在那里。

忽然有一个下午，他发现围着女人的坟长出一片新新的绿草了，为了不让羊群吃掉，他不得不一刻不离地跟着羊群。

当然，艾琳戈还没有失去思考的能力。当他明白自己居然刻骨铭心地思念着一具毫无生命的道具的时候，吓了一跳。他告诫自己，并说服自己，不要被自己狂妄、荒唐的想法击败自己。他甚至大声告诉自己，女人是一个骷髅，和他熟悉的树棍柴草一样的东西。可是，他仍然伤筋动骨地思念着女人。有几次他走到女人坟前，立刻想要将女人挖出来。

有一个晚上，他没能安静地躺下去。当时，他已经是脱掉鞋爬上了炕头准备睡下去的。然而，他站起来，跨下炕，光着脚丫向沙窝子疾步走去。走到一半儿，他还小跑起来。

到了沙窝子里，艾琳戈蹲下去，用手去刨沙粒。女人坟前放着几块儿鹅卵石，那是从玛楠河河床那边捡来的。

夜色涔涔，阔野冷眼旁观。

艾琳戈的动作粗鲁而猛烈。如同一只母狐狸，试图从坍塌的洞眼里救出幼崽。

很快，刨出一小沙坑来。艾琳戈将脸埋入坑里吻了吻，之后继续刨。这个时候，他听到了一种怪异的声响，从他身后的某个方向传过来。他向后望去，除了越来越昏暗的天边外，什么都没有。陡地，他想起了那只灰狼，但灰狼的影子在他脑海中闪了一下不见了。

他继续刨沙粒。

但令艾琳戈奇怪的是，越往深处挖，越能闻到一股难闻的味道，像是什么东西腐败了。有种不祥的感觉隐隐地涌上艾琳戈心头，他屏住了呼吸，这个时候手指已经触到了女人。

难闻的气味是从女人身上散发出来的。艾琳戈慢慢地，小心而僵硬地掀起大氅，没有掀走大氅，扯下来一小片破布。原来大氅也腐烂了。一片又一片地，覆在女人身上的大氅碎片终于被艾琳戈拣去了。大氅下面是变得薄薄一层的粉布，只需轻微地一触碰，它就被扯成碎叶片。浓稠的臭味灌满了艾琳戈的整个胸腔，令他窒息。然而，更令他头脑发晕的是女人的躯体。

空中没有月，女人惨白的躯体是埋入沙土的月亮，在整个灰色的野地里显得通透明亮。

艾琳戈俯下身去看女人的脸，就在那瞬间他被他看到的一切彻底地击败了。他坐在那里，任眼泪潸然而下。女人光滑的面颊不存在了，丰腴的胸部没有了，圆润的胳膊也变成消瘦的柴草棍。美丽的女人正在变成腐烂的尸体，这是一种立体的悲伤。艾琳戈想吻一吻女人的嘴唇，但是女人的嘴唇却变成薄薄的一层皮囊。

艾琳戈想拥抱女人，可是他不知道该从何处抱起。他明白，只要他的手指触到女人身上任何一个部位，女人立刻就会变得一身碎骨。他又想陪着女人在沙坑里躺一会儿，可是，他一点动弹的力气都没有。他就那样坐了很久。任原野之风从他身上滑过，从玛楠河的腹中拂去，带走深秋之夜的冰凉。

从那以后，艾琳戈再也没有吻过别的女人。当然，这个原野沙窝子里再也没有来过一个女人。最终，艾琳戈明白，在这片茫茫天地间，他是一颗与整个荒野、沙丘、河流擦肩而过的尘粒。

天边的肩胛骨

一

过去好久了，草绿了又衰，衰了又绿，而我却一直奔往衰老。在未来的某一刻，这满眼的原野，还有这暖融的草原风，将不再是我的，也从未是我的。

一朵绒云空中浮，无声无语。我坐在它下面，亦无声无语。

一堆琵琶骨，草原人称它为白肩胛，毫无生命气息地躺在我身旁。一会儿，它们就会被我一锤一锤地捣碎，然后埋进土里，或者烧焦成灰烬。它们是老母羊、老绵羊，或者是羝羊身上的一对骨头，用阿爸的话来讲是不能登大雅之堂的"俗物"，不能拿来"窥"的。这"窥"说得准确点，是指"抓卦"或"占卜"，端倪胛骨骨缝脉络，验其文理之逆顺，辨其吉凶。阿爸眼里的"尤物"则是我家佛龛里的几个白的和熏黑的羊肩胛。佛龛嵌入墙壁，我需要踮起脚才能看到里面。这些胛骨是公绵羊的，而且这些公绵羊绝不是疾痨病死，狼虎啃食，孽子屠杀，女人染指过的。

咔咔嚓嚓，咔嚓咔嚓——

一个又一个琵琶骨四分五裂，汗粒从我额头沁生，我舒了口气，丢落铁锤，低头，看我的手。它们原来是如此模样：龟裂、弯曲、笨拙、枯萎。

阿爸的手，曾也是这模样。

——很久以前，一块儿肩胛骨枕着阴山酣然长眠。有一天，一支游牧部落在其怀里落脚。夜里，一只秃鹫衔走肩胛骨，飞落一只羝羊擎天螺旋角上，欲啃肩胛，不料肩胛滑落，扎进羝羊胡须中蜗居的老牧人眼睛里，其妻用舌头将肩胛从老牧人眼睛里舔出来——

阿爸讲完故事后，问我，肩胛、秃鹫、族人、羝羊、老牧人、牧人之妻，这六者间谁为王者？凝视阿爸等待的眼神，我想了想，答牧人之妻。阿爸睃我一眼，没了言语。后来得知——肩胛代表大愚，秃鹫代表粗俗，族人代表揶揄，羝羊代表智平，老牧代表大慧，牧人之妻预言鼠目寸光；那时我六岁，不懂阿爸眼里的怅然。

夏天的风热热的，我昏昏欲睡，空中已有几片硕大的云。

阿爸是一位牧羊人，一生从未离开过这片草地。十多年前的一个黄昏，昏迷几天的阿爸突然睁开眼说："如果，哪一天，这片草地遭大疾，你就去见一位老人，去的时候带上佛龛里的肩胛骨。他住在沙漠深处——"

从那以后，一位遥远的老人便存活于我心中。

檀木佛龛，茶白哈达垂落于两侧，我默立龛前，化作一炷香，慢慢熔化——就要抛别这熟悉的一切了，是祸是福，不去猜，都这把年纪了，还关心这些？从龛里取出羊肩胛，一片黑的，九片白的，装入木篓。

我身袭曳地黛蓝袍，头缠靛青头巾，手持铜勺，勺心撒一把香，点燃了，一股子青烟东倒西歪。我走到羊圈里，一遍遍念着嘛咔嘛咔——

空中的弯月，似乎比往日远了一截。我去摸母羊的奶子，还会那样，我摸到无数个圆溜溜的石头。这可不是什么好的征兆，自从春末草绿后，羊群就害了这种怪病。

夜已深，群星闪烁，高空好似一面倒挂的湖，波光粼粼。天边生了几层不安分的云，正蠕动着不坚硬的脊梁慢慢飘浮。没有初夏夜潮湿的夜风，也没有草香，空气里弥漫着干燥的烧焦味，像是大地被酷阳烤熟了。

背上木篓，撸下栅栏上挂了一夏天的皮鞭，噼啪，鞭子七零八落地打着地面，尘土飞扬。噗噗——羊圈里立刻有了骚动，领头母羊查干（蒙古语，白毛）胡恒（蒙古语，姑娘）亲切又惘然地咩了几声。它在对我哀呼，而我不去理会。

敞开栅栏门，羊群涌出。

查干胡恒走在最前面，它是羊群里最年长的母羊，它脖子上坠着铜铃，此刻正发出声响。我走在羊群后面，羊群踩踏出的沙沙声，如雨滴砸在干巴的戈壁滩上。我没有回头看，我也不敢回头看。在这片草地上我存活了七十九年，我从未想过有一天我会离去。我一直坚信，等我死后，我会被埋在这里，每年随着马蔺花的生长而生长。然而，我着实选择了离弃。

须臾，羊群走入一片洼地，空气里升腾着咸涩气味。

邈远，云层越聚越厚。猛然间，什么在幽暗中颤了一下，一股风陡地旋起，羊群噗噗地向一侧躲开。我伫足睁眼，只见一簇明晃晃的、拖着长尾巴的青光嗖地不见了。

四周一下子沉入让人窒息的混沌，从我七十九年记忆里找不出这样的混沌。远处，哈日尼东敖包上空横着一片黑，那是乌云。陡地，那拖着尾巴的青光划开乌云，一阵隆隆的雷声，震得整个大地隆隆响，我不由得颔首祈祷。

羊群受了惊，发出嚯嚯鼻响。羝羊查干巴日（蒙语，白毛狮子）跃到土墩上，四肢叉开，仰首瞪眼，顶着一对儿旋角，向远处望去。我合掌而立，阿爸说过，掌心可以聚火，这火能驱魔的。

眼睛里似乎罩了一层浓雾，近处、远处，万物缥缈、虚实。忽地，一个什么动物从我脚旁訇地窜跳，扯出一点距离后，停止。一会儿我看清了，它是一只灰兔，用后脚撑起身子，几乎与我同高了。它窄长的脸上凸出一对儿亮白的门牙，吱吱地打颤。它还有红彤彤的奶袋，充溢着红色液汁。我不由得一阵趔趄，手触到暖融融的一团，抓来一看，是三只幼兔，嗷嗷地尖叫。我慌了，噗地掷过去，母兔唬得纵身一跃，冲我脸上扑来一把灰尘，逃去了。

羊群在原地打转，忽明忽暗中像一团很大的棉花在草地上聚拢、扯碎又聚拢。拖尾巴的青光近一下远一下，轰隆隆的雷声也强一阵弱一阵。东与西，南与北不存在了，风似有似无，群星已隐入云后，更黑的黑正从四周慢慢蒸腾。

也不知道过了多久，雷雨停了，乌云散尽，星儿显身，月亮奇迹般地复圆。万物挣脱出混沌幽冥。羊群安静地向前走去，我紧紧尾随。缓慢的前行中，查干胡恒脖子上的铃铛声有节奏地响着。

从羊群前进速度越来越缓慢判断出我们正在爬坡，坡上几株榆树影显得张牙舞爪，从河床那边传来夜猫子唷唷的叫声，还有马嘶鸣。一只狐狸喤喤地从树下的洞里逃去，羊群訇地散开。紧接着又是一只，这次是红狐狸。它在那里停顿片刻，向我看了看，然后踩着碎步奔去，轻如风。

夏季，暴雨中红狐狸会变成姑娘到牧人家——阿爸记忆里这则民间故事只有开头，没有结尾。

　　我用鞭子左抽三下、右抽三下、上抽三下、下抽三下，嘴里说：呸呸呸，你这个鬼魅妖怪，让我扒了你的皮，抽了你的筋，就算你有三头六臂，我也要把你粉身碎骨。

　　我从怀兜里找来经串儿，和在掌心里，默诵：长生天，请保佑我的羊群。我的圣灵，草原因为羊群而不寂寞，羊群因为草原而妩媚。您睁开眼俯瞰您的草原吧，这里有无数个苏勒鼎在祭奠着您，这里有无数个哈达在为您飘扬。但是，现在，这里鬼魅肆虐，病魔猖獗。好多母羊奶头变成石头了，好多牛不长角，好多树开了花，好多初生的羔羊没有屁眼。我家门前的老榆树到了夜里就传来一种怪叫声，我不知道草地上究竟发生着什么，我赶着我的羊群离开故土。我要去寻找一方净土。请饶恕我的逃避，我很老了——

　　祈祷完毕后我叩首三匝，定了定神，确定羊群还在身边，舒缓地松了口气。

　　临近早晨，我和羊群已远离自家牧场，沿着平展的草地向西迁徙。羊群在夜里一直不停地行走，到了此刻已经很疲倦，拖成长长的队伍，如一条撕碎的哈达。

　　晨星渐隐，在一片长满马莲花的草地上，我和羊群歇息着。我从篓子里取出白肩胛放在草地上，阿爸曾言"观"肩胛要遵循来自祖先的智慧。肩胛骨分骨峰、锅底、马径、牛径、田井、羊圈、骨颈、骨翼等。它们各有征兆，如骨峰立，必交好运；田井逼仄，牲畜兴旺；径路狭长，牛马成群；骨颈细长，人畜不济；骨翼若能勾起，三代富贵；锅底深，穷苦一生；羊圈混沌，鬼魅窥探，人祸天灾缠身。

　　可是，我不懂这些。也许，阿爸说的老人能揭开谜底。阿爸曾说老人能读懂千年之外镂刻于甲骨上的文字密码、咒语。他将会怎样驱散我的悲恸？是否能给我指出方向？是否能驱走猖獗的病魔。

春天里，下了一场雨，雨滴砸在草地上，草发出乖戾的尖叫。除了这些，最让人惊恐不已的是，有天早晨一朵云完完整整地躺倒在草地上，好似要分娩的母羊，浑身战栗。我的苍天，还是不要叫我忆起这些令人痛苦的事情吧。

清凌凌的晨雾从四周蒸腾，墨绿色草地渐渐变为竹绿色的魔毯，晨风扫去，魔毯浮动。太阳就在那遥远的山坡后面，此刻把一束擎天红光从山坡后面喷出。我向我的羊群望去——

查嘎戴、宝日呼、哈达呼、阿拉嘎乌赫尔、哈日撒哈拉图、乌格吉、奇巴嘎、额布尔格其和图、芒乃查干、胡日干阿赫——都在，哦，沙日塔拉呢？我的沙日塔拉？我慢慢地，念叨着羊儿们的名字，我的羊都有名字，这样我就能判断出我的羊群是否都在。色米真乌勒、塔林胡恒、哈达查干、芒乃哈日，噢？奥哈尔，都在，沙日塔拉呢？它怎么不见？

沙日塔拉，我的孩子，它居然不在羊群里。它是我两年前从雪后的牧场上捡回来的羔羊，我不知道它的主人是谁，当时它迷路了。我怎么这么糊涂？丢弃了我的羔羊。

向四周望去，没发现一户人家，也看不到牲畜，连个飞鸟都没有。一切死一样沉寂，犹如人类从未涉足过这里。

继续走了好久，中午时分我们来到夜里暴雨侵袭过的草地。这里，到处是小湖泊、水坑，清澈见底的水里云彩倒映，一闪一闪地漂浮着。羊群将水坑围成小圈，嘴扎进水里，鼻孔一张一合地吮吸着。我俯身掬一巴掌水，咽下去，胸口渐渐豁朗一点。

良久良久，阳光收敛了酷热，温和地普照万物。草地上，马蔺草、蓝刺头撑着驼粪大小的花蕊，东一下西一下地摇摆。草丛中一只青蛙咬住一只蚱蜢，那蚱蜢吱吱地求饶。

查干胡恒突然走到我跟前，用一双迷茫的眼睛看着我。它的眼珠是黄色的，白绒绒的睫毛，桃红色的嘴唇，组成它柔和的面孔。

查干胡恒，怎么了？

查干胡恒仿佛有难言之言，只听到它喉咙里咕咕响。它用鼻尖闻着我的脸，用湿漉漉的舌头舔了舔我的掌心。我又问了一遍，它仍是闻着我的脸。

忽地，一阵急促的狗吠，越来越近。我向一旁的草丛望去，一双尖尖的耳朵在草丛间飞快地忽隐忽现，半截黑黑的狗后背一闪一闪。羊群听到狗吠，乱了阵，向另一侧猛地逃去。

"胡瑞，胡瑞，是老额吉，不认识我了？唉达，可怜的孩子，老额吉都不认识了？"到了距我很近位置，黑狗露出脸，冲着我狂吠。这是一只猎犬和母狼的后代，声如狼嚎，势如猛虎，口水涟涟，獠牙狰狞，眼睛蹿火。

"可怜的孩子，你脑门上没长一双牧羊犬的火眼睛吗？"

我向前走了几步，拉近我俩之间的距离。也许黑狗懂一些人类的规矩，它见我毫无进攻征服它的凶猛，声音变得越来越弱，最后转身奔去了。黑狗去的方向，几株老槐树后面，一户牧人家白蘑菇般的蒙古包上空虚虚实实地升腾着一缕缕青烟，蹿到高空，变成奔跑的孩子。有人向那影子打枪，光有枪声响，却不见那孩子跌下来。一直向远处逃去了。

从这里向西望去，十里路距离一座方方正正的假山擎天而立，那是三年前"甘珠尔煤炭工厂"很多挖煤车日夜忙碌后堆积而成的杰作。有了假山后，山上栖息着一种罕见的动物旱魃，它宽额独眼、鼻塌大嘴，头长角，四肢短小，尾巴细长，浑身黑红的毛发，夜里出窝，专吃马肉，一顿吃三匹马。

山下有寸草不长的深坑，夏天，雨水填满深坑，先是黑乎乎的，澄两天，水面浮出一层亮晶晶的油，色如墨。这墨，酷阳蒸不掉，劲风吹不散，又几天，水里浮生一种黑色蛙，鸣声如婴儿哭泣。我们向着那假山东侧走了一阵，经过蒿草摸腰的凹地时几只老母羊拐进旁边的蒿草丛里，等我去找时，却怎么也寻不见，连一根毛都没有寻到。

起风了。

风柔柔地扑面而来，又柔柔地离去，好似与我这个干瘪的老人舞蹈。草丛里的水珠把我衣角洇湿了。许久后，我走累了，在一株枯树根上坐下歇息。远眺假山，它显得忽近忽远，忽明忽暗，忽大忽小，没个形。我想，我大概没有迷路。阿爸说过，那位老人在沙漠里，距这里足足有三天路程。

草丛间有灰白的牛粪，我用拐杖虿几下，牛粪发出嘟嘟的闷声，原来它们早已是坚如磐石，连雨水都难浸泡。

这里有一条河，叫葛根河。阿爸说这里曾经有过一位老牧人，常常坐在蒙古包门口制作马具，他一边低头忙碌，一边给他的孩子讲故事：

很古很古的时候，草原上有一个三头六臂的妖怪，喜欢上了一位阿巴亥（王爷的女儿），他想娶阿巴亥为妻，于是它到神那里祈求。神告诉它，只要把葛根河的石头都打磨成圆的就可以，妖怪同意了，从那以后一直到现在。

站在葛根河东岸陡坡上，向西望去，葛根河是一只透明的软体动物扭曲着身躯匍匐在草地上，河两岸淡绿色的草地向四周伸展，更远是连绵的丘陵。草原上的丘陵没有棱角，没有凸出的石头，没有奇形怪状的树枝，只是柔柔地相互牵连，遥遥对望，轻轻地依偎，像是众多女人赤裸地仰面、侧面、背面躺在大地上。那光滑的脖颈、肩膀、双乳、肚皮、大腿、膝盖、小腿、脚趾，尽显柔嫩与怆然。我觉得，它们是有生命的，虽然它们是如此地沉默。

　　沿河碎石滩上有几只丹顶鹤，此刻正有些羞涩地向我这边望着。在我七岁的时，我的额嬷教会过我一首歌谣：

　　　芦苇坡　高又高
　　　哈日呼　矮又矮　（哈日呼意为七八岁的男孩，黑小子）
　　　丹顶鹤　藏湖心
　　　哈日呼　擦鼻涕

　　　芦苇坡　密又密
　　　哈日呼　胖又胖
　　　丹顶鹤　翩翩舞
　　　哈日呼　跟着跳

　　记得，那时丹顶鹤听了儿歌便会翩翩起舞。我不知道眼前的丹顶鹤会不会也舞蹈？它们是这片草地的音符，会呼吸的音符。

　　沿着葛根河向西北漂移，这里有沙葱，它们晒了十天半个月的酷阳，嫩劲儿已过，撑开粉色花蕊。途中还有沙棘，那沙棘开了豆大黄花，上面有无数蜜蜂忙碌着，嗡声斐然。草丛中三五头牛甩着尾巴走着，不时低头耐心地闻闻草香，却不吐舌头搂一口，一个比一个病快快，瘦嶙嶙的，仔细瞧，嘴上箍着铁环。

　　就让牛饿着吧。

　　太阳温柔地射下来，风也温和地吹拂着。

　　都说，狂风暴雨是蓝天说过的话，尘雾河流是云朵说过的话。谁晓得？老远老远地，一只三腿动物挡路过来，步调有些怪异，虚虚实实，渺渺茫茫。我用食指和拇指撑开眼皮，对着风吹气，终于看清了，是一位老人。

"噢，阿穆尔。"老人问候我。他似乎比我还要年长半个世纪，满脸皱纹，眼圈内聚着浑浊水波，水波里浮着血管。

"阿穆尔——"我的嗓门发颤，腮帮上的肌肉古怪地抽搐几下，苦笑了。我看见，他半张脸残留微笑。

"噢，长生天保佑你。"他握着我的手，又说，"你的手真像一块儿木头。"

"是啊，老了。"

"羊群，是你的吗？"

"是啊。"我点了点头。

"噢，孩子，背着灵魂，你能去哪里呢？你又这么老了？"

"唉，草原上到处是鬼魔妖孽，天与地之间，我的羊群总得找个美丽的地方。"我小心翼翼地道出。

他顿了片刻，说："咱还活着，这真是一种悲哀。"

我低下头。

当我抬起头时，老人已经离去很远。他像一只飞向山谷的老鹰，它已经不需要捕猎，需要的只是找个最隐秘、最安静的洞穴。

日偏西，走了一段距离回首凝望，一轮耗尽火候的夕阳柔柔地坠落，微风掠过，身后的影子就变长。

蝴蝶旋飞，燕子追逐，羊群满坡，牛犊在河里嬉戏。青青炊烟是藏匿的灵魂，袅袅娜娜。一阵嘚嘚马蹄声，毡房门帘一晃，女人走出去，面颊胭红——

这是一幅画，镶嵌在我心灵深处。

我和我的羊群走在柔和的傍晚，来到一片益母草、野菊花、瞿麦、角茴香茂盛的草地，走了一天路，羊群们哀求般地盯着我。

我坐下去，从怀兜里找出奶酪，磕一点含在嘴里，慢慢地噙着。

夕阳下，发梢、指甲、奶酪、鼻尖、草丛，以及苍穹，都被烧焦了一样。

二

夜色朦胧，乳色月亮，神秘的蓝雾覆盖着草地。我想起阿爸说过的那句话，每位牧人肩膀上都有两盏灯，鬼都吹不灭的。对于我，黑暗已不存在。我只是担心我的羊群，它们正面临一种看不到的灾难。这种灾难不仅仅停留在死亡本身上，而是超越了死亡，是一种恐慌与不安。

天空里，坠着很多石头模样的云。夜已深了，凉风习习，羊群中传来此起彼伏的咻咻声。有几只羔羊做梦了，发出鸟鸣声，四肢踢腾着，还有一只公羊大概也是做梦了，发出老人的嚯嚯笑声。

天刚亮，我和羊群便离开了那里，向北走去，羊群卧息的地方留下众多圆圆的、红红的粪蛋。也许，未来某一天它们会长出肢体和脑袋。

一直向北走，就能到沙漠里。我要找的老人，就在那里。

一窝半月形的凹地里立着一块儿灰色石头，像是晒干的奶酪。走近石头，背阳的地方镂刻着七位单腿独臂的女人，她们手牵手围成圆圈，中央是一团火，烤着牛，那牛睾丸比整头牛还要大。石头阳面有一摊血色，上面爬满黑虫，它们每只有细长的六条腿。石脚有锯齿状草，草下面有洞眼，洞口有脚印，像是小孩脚印，传来嘤嘤弱弱的交谈声，忽高忽低，像是争论着什么。我喁喁几声，洞里立刻寂然，接着探出三颗毛茸茸的脑袋，三对儿尖尖的眼睛嵌在上面，用愕然的眼神盯着我。三张嘴龇着白牙，想要和我交谈的样子。

三只绿狐狸。

接着探出第四个，有着没有眼睛、没有毛发的狐狸脸，胳膊却是人的。显然是怪胎了，身子骨又弱小，被前面三个压在最下面，吱吱地叫着。

我从篓子里取出唯一一块儿完好的黑肩胛，用头发缠紧放在石头上。阿爸说过，黑肩胛可以避邪。

走出凹地，眼前是空廓的原野。这里一片绿，草茂密，草茎相缠，浮在地面一胳膊左右的位置，踩上去就扑哧地陷进去，好似走在雪地里。有几只公羊被缠得惊呼，那草茎居然像藤蔓一样攀着羊身，最后把羊裹在里面，不见了。我不得不把羊群向另外一个方向赶去。

到了中午时分，我们到了乌那甘布日德（有泉的地方），这里是我的娘家。在我六七岁的时候，这里有成群的狼。狼崽被我阿爸掳回来，母狼追过来整夜整夜地守候，阿爸用猎枪对准它，它也只是忧伤地望着父亲，绝不逃离。后来，阿爸把狼崽还给了母狼，阿爸说一个好猎人是不会欺负一位好母亲的。

后来，狼吃过我家的牛羊，但阿爸的猎枪挂在墙壁上很少取下。

对于这片草地，闭上眼我都能勾勒出它的模样。我甚至能听到一个小女孩追逐羔羊的哭喊声，羔羊向远处的母羊群逃去，小女孩要去阻止，她追不过羔羊群，声嘶力竭地哭喊。那声哭喊中，草地无形中扩大，女孩如一只奔跑的灰兔，追逐着远处的绿。

傍晚时分我和我的羊群走进查干诺尔（白色的湖），据说很久以前，查干诺尔草地有过湖泊，后来湖水枯竭，地表裂开，渐渐成为如今荒滩模样。在一片避风凹地，我把篓子放下，自己枕着胳膊躺下了。我浑身酸痛，头脑发沉，饥饿难忍。不远处有几间坍塌已久的土屋，屋顶杂草丛生，不时有黑老鸹飞去又飞回来。

黑毛小羔羊呼日嘎过来靠着我躺下，我抱过来，亲吻它的额头。它额头上的绒毛要比我眼睛里的血管还要柔嫩，而且散发出奶香的阳光味。它用舌头来舔着我的脸颊，像个婴儿。

很快，我沉入睡眠。然而，我的眼睛里却亮着一轮残月，长了毛的样子，毛茸茸地冲着我叫，原来羔羊飞到天上去了。我还看见，幽暗中一只刺猬脱下皮，露出红红的裸背，晒着月亮。我乌噜地坐起，发现自己也脱掉了袍子，在月光里晒着膀子。刺猬后背爬满了皱皱巴巴的疙瘩，我去挠，它乖巧得纹丝不动。渐渐我的胳膊酸疼了，刺猬套上外套走了。走到几步之遥它回过头来，向我挤眉弄眼。

我抬头去望残月，已经有好几轮，在空中追逐。许久后，月隐入云层，浩大的空中里，吊着一只眼珠，眨巴眨巴地看着我。没有一丝风，这片荒野慢慢地开始旋转，很多树木都在相互依靠着喘气。天涯有一团黑云在慢慢地腾空，许久后我才看懂那不是云，而是烟囱喷出的烟。

我醒来了，一窝黑老鸹嘎嘎地从我鼻腔里飞去，飞到空中兜了三圈，不见了。接着我不停地换姿势，盘腿、横躺、站立、踱步、跪坐，无论怎么换，心都噜噜地跳着。我怕那黑老鸹下来啄我的眼睛，毕竟，我看到了它毛皮下的红肚皮。阿爸说，黑老鸹最忌讳露出红肚皮。

还好，早晨很快来临。

从那里，走了十多里路，终于走完寸草不长的荒野地，来到茇茇草沟。嫩绿的茇茇草低低地垂下来挡住去路。羊群排成一溜，头尾相接，七扭八拐、左右躲闪地前进着。走出茇茇草沟后，我和羊群顺着腰高围栏向西南方向移动，围栏在朦胧的晨色里不见头尾，笔直地延伸着。围栏内有一群庞然大物在觅食，也不知它们嘴里咬着什么，嘎巴嘎巴地响，有几只抬起头看我，我才看到它们嘴里原来嚼着石头。在那条乡间小路上，我像一株会走动的枯树，或者一只很老的母羊。

羊群一直在我前头走着，有时候还会回过头来看看我，偶尔还停下来等等我。

临近中午，我们来到一个平地。这里有口枯井，旁边有三株槐树，槐树旁有一堆鹅卵石，石头下埋着一位老女人。三十年前死在这里，这口井是她家牲畜饮水用的，后来枯了，她悲恸万分地哭了三天三夜，井水居然有了水。可是她死后，井水还是枯了。

当然，这里，我的羊群没有喝到水。

离开枯井，羊群顺着斜坡向西北走着，过了一道长满马蔺草的平地，平地陡地向东北方向滑下，在三条小径交界处又猛地向上攀，变成一个软绵绵的缓坡，那上面长满了白蒿、甘草。甘草开了猫拳头般的花。

不紧不慢走了一阵又攀过一道高坡，便望见一望无际的草地，奇怪的是，这片草地不是墨绿色的，而是透明的粉绿色。我已经疲惫不堪，嘴唇干裂，舌头如秤砣，我不得不张嘴呼吸。我坐下去歇息，羊群见我坐下，也松散地卧息了。天空里飞着沙粒儿般的蚊子，黑糊糊地嗡嗡着，钻进羊的耳朵鼻孔里。

天气闷闷忽忽的，嘴里呼出来的气比吸进去的时候还要温热。我仰面躺下，闭上眼。阳光直射，我越来越口舌干燥，胸腔里憋着一股气，呼不出来。头顶上，天空毫无柔情地灰着脸，形状怪异的云朵是那张灰脸上的瘊子。我不知道天空何时变了色。

三

太阳火燎火燎地烤着，羊群沿着土坡继续向西北方向走，从这个角度向来路远眺，邈远，哈日尼东敖包若隐若现，紧挨着它是一马平川的甘珠尔草地，下来是葛根河的弯道和乌那甘布日德湿地。我开始怀疑我从那些地方走过。

傍晚，我和羊群来到沙日塔拉草地，这里距哈日尼东敖包足足有百多里路。这里视觉更为宽广，举目间能望穿天涯。比起甘珠尔草地，这里人烟逐渐增多，相隔十里八里居住着牧人家，这些牧民多数是半个世纪前便定居于此地。这里没有蒙古包，都是方方正正、结结实实的泥屋、砖房。墙角屋后，总有一些没用的水瓮倒立着，下面藏着老鼠。到了夜里，去偷吃羊奶。

这里的洼地，碎石成毯，不怎么长草，光秃秃的。这里的蚊虫比风还密。这里还有很多铁丝网，它们交叉、纵横，七扭八拐地结成网子，网子尖尖的挂钩上哆哆嗦嗦地飘舞着毛发。有白色的、黑色的、蓝色的、花色的、黄色的，还有留着血液的毛皮。

"喝碗酸奶吗？"

突然听见有人这样问我。我扭过头向四方观望，没有发现人影。我刚要抬腿走，又听见一声："喝碗酸奶吗？"

我停止，原地转了一圈，还是没发现。

"喝碗酸奶吗？"我发现了，是我在问自己。

顿然间，胸口生疼，用双手抵着胸口，疼痛却剧增，只好趴在草地上来回匍匐，宽松的蒙古袍被压在膝盖下，紧紧裹住我。羊群围过来，奇怪地盯着我。我的口腔里发黏，喉咙里聚着一团苦水，用力吐去，却没有一丝唾沫星子。不远有一溜劈去枝丫的槐树，一只红头喜鹊飞过来，喳喳地鸣叫着。

浑浑噩噩地躺了许久，疼痛悄然消散。

我站起来，空气里稍微有了风，发丝在耳旁抚摸着。远处高空飘浮着白茫茫的浓烟，那是盐湖玻璃厂，空气里能闻见淡淡的芒硝味。继续向西北方向走，周围的草地被一层层草根茎覆盖，我去刨那根茎，居然刨出鲜嫩的绿草来，于是我刨了一下午，让羔羊填饱了肚子。

从这里一直向北走，住户越来越多，有人站在门口看着我。偶遇一口甜井，井旁有腰高向日葵，黄着脸，像是对我笑。我心里有些舒畅，因为隐隐约约望见沙漠了。

不知不觉中，傍晚降临，夕阳如吊坠的心脏，挤一下，就能滴出几滴血。我胸腔里隐隐作痛，这种因饥饿而滋生的疼痛我从未有过的，心也发痒。

查干胡恒走到我的身边，舌头攀着我的胳膊一圈一圈地舔着，它心里似乎有了按捺不住的、无法驱散的悸动、彷徨、无奈，需要不断地从我身上汲取力量。我亲吻了它的额头，又从它额头上揪下几根毛，塞进怀里。

渐渐日落原野，天涯模糊如一团蒸汽。我摇摇晃晃地迈着步，我的胳膊肘抬得老高，几乎高过后背，腰骨似乎总是弯曲着才会舒服。除了指甲、头发外，我浑身上下没有一个地方不是隐隐地疼痛。随着呼吸，胸腔似乎不断地膨胀着，五脏六腑毫无包容地，毫无商量地相互挤压，磨蹭。如果会发音，此刻我一定能听到从我腹内发出的各种声音，哀叹、悲泣、绝望。

天空又浮着一层层乌云，从未遇见过如此浓密的云，像是从地平线上破土而出的，无数个圆溜溜的硕大的蘑菇。它们紧紧地相互层叠着，撞击着，攀登着，拥挤到半空中森森地窥伺着整个大地。紧接着，鼓胀的云体陡地破了口，从里面喷射出浓墨一样的气流来。

黑风向这边压过来。

羊群停止不前，向我聚拢过来。

黑云越攀越高，我仰起脖子，在那里我看见一张奇大无比的嘴，慢慢地张开，它下面慢慢地探出长长的脖子，向我伸过来。我从篓子里取出白肩胛，用力揪下我最长的头发，缠在肩胛骨上，举过头。这当儿那张大嘴越来越近了，几乎触到我脸上，我闭上了眼。只觉一阵沉闷的呼啸声向我劈下来，我没有躲闪。然而就在瞬间，一切戛然而止，一个什么物体在我耳旁轻轻地抚摸了一下，周围恢复平静。我睁开眼，黑云像被一个无形的大手收起来装进袋子里，消失殆尽。

星星如约而至，月亮却迟迟不来。夜撑开幽暗的巴掌安抚着寂静的原野，我枕着肩胛骨疲倦地入睡了。

四

夜色岑寂，风在树林、草丛、屋檐、墙角打盹。

一张黑色的脸，上面有一双瞳孔，也是黑色的，那黑远比脸色深得多，里面斜斜地躺着一轮半透明的弯月。

突然，弯月猛烈地晃了一下，如湖面小舟。一股冷风从远处吹来，月抖了一下。天幕啪地合上，月亮不见了，一股亮晶晶的液体，瑟瑟地往下淌。一个巴掌狠狠地去揉弯月，几乎要把弯月从眼眶里挤出去。这是阿爸在擦拭泪水。

"嗷呜——"巴掌停止揉搓，停在半空中。

"嗷呜——"像是狼嚎声。

"嗷呜呜——"是狼嚎，比第一次真实了。

我睁开眼，从熟睡中醒来，看见上空高高地挂着弯月，它正直直地俯瞰着我。一声冗长、浑厚、尖锐，还有掺杂哀怨的嚎叫声，就在我四周扩散。同时，我惊讶地发现自己并不在羊群旁，而是跪坐在一块儿巨石前，脸上湿漉漉的，好像是痛哭过。

"嗷——呜呜——"嚎声再次响起，唬得我不敢动弹。我四下巡视，夜色混沌，天际墨一样黑。

狼嚎好像就在对面的某个地方。

"阿爸——"我不由得呼出。巨石似乎沉闷地吐出一股热浪，我匍匐着靠近，巨石却咔咔地响着，碎了。弯月也碎了。

"嗷——呜呜——"嚎叫声似乎要占领整个夜晚，一股风旋起，碎石噜噜地也腾空。我站在原地，等待风散去。周围混沌，我高高地立着，脚底是无底的黑暗。

风止了，无尽无涯的幽暗延伸到天涯。

嚎叫已经有了嚎哭的味道，一阵弱一阵强，一阵悠长，一阵短促。我已经判断出那是狼嚎，也不知是何原因，我早已身不由己，轻飘飘地，如一个幽灵毫无目的地地走着，蹚过一条河，河水却不沾脚，像是会滚动的丝绸。

"嗷——呜——呜——"

狼嚎依旧！从前方不远的某个角落传入耳廓，夹着一丝丝的悲凉、混沌与孤寂。我听得越来越真切，越来越清晰，但我居然没有任何惊骇。我双腿似乎变成翅膀，不见磕绊，不见跌撞。忽地，我放慢了脚步，向四周仔细地瞧，因为这里的某个东西我很熟悉。

"嗷——呜——呜——"

还是那样凄然、幽怨，可这次非常地清晰，几乎贴着耳朵。我猛地转过身，就在那么一瞬间我看见了一头灰狼，与我几步之遥的距离侧身蹲坐着，伸着脖子向天空嚎叫。

"嗷——呜——呜——"

我呆呆地，胳膊垂在身体两侧。在昏暗中，狼并没有向我看。它长长的脸颊，深灰色的毛发里，眼睛紧紧地闭着，醉了一般向天空一次又一次地哀呼着。狼尾巴上一个小矮人抱着枪正在打盹，矮人身旁，一位头缠红头巾的女人盘坐着，脸埋进手心里，一股风吹来，狼不见了，矮人和女人都不见了。我发现我就在羊群旁，瑟瑟地立着。我定了定神，右胳膊隐隐发酸，左胳膊却无知觉。

我知道我做梦了。

月光柔和地洒下来，将我和羊群点缀成无数个小彩球，我感觉我似乎就要成为泡沫了，浑身轻飘飘的。眼睛艰涩，远处的山，近处的草地，天上的云，地上的羊，我看上去总是莫名地纠缠混杂在一起，无法分清脉络。

阿爸曾告诉我，那位陌生的老人眼里，芸芸众生中能摆脱真正死亡的只有少数几个，大多是就要死去的人，还有死去很久的人。而这一切就藏在肩胛骨里，阿爸有一块儿肩胛，上面密密麻麻地涂写着我所不懂的文字，阿爸曾给我念过，只是当时我太懵懂，只记得很少一部分。比如，菩萨言，肩胛锅底征候分五类：一、锅底满，锅沿宽，属正人君子；二、锅底半满，锅口窄，属平庸之辈；三、锅沿厚，锅底浅，属心智聪慧；四、锅底深，锅沿窄，属奸诈之徒；五、锅底发涩，过硬，属吝啬之徒。

四周静谧，我暗暗祈祷，早些时候见到老人，能给我一个答案。不然，一群羊，还有我，要走到何时？

我和羊群缓慢地前进着，我以为时间还在晨色里，还很早。其实已经临近中午了，而我着实看不见光照。也看不见明亮的白天，我的眼里只有穿不过去的雾。

这时，草丛里传来雏鸟啾啾声，我停住不前，只见一只大鸟箭一般飞过来，嘴里叼着黑虫。黑虫撑开四肢极力挣扎着，眼睛凸出，亮亮的。见了大鸟，啾啾声越是急切刺耳。大鸟扑打着翅膀在半空中画圈，似乎在寻找自己的巢穴。忽地，杂草间一只小蛇探出脑袋来，张开红红的方嘴,发出啾啾声。空中的大鸟先是打了个旋涡,仿佛是给小蛇表演,接着猛地划着弧线冲下去,给小蛇嘴里塞了黑虫。立刻,啾啾声消散了,我用手背擦拭眼,眼前的雾消散,一瞬间看清了小蛇眼珠,是那种红透红透的红。

我惊骇,迅速离开。

阴山在很远的北方若隐若地浮现,近处的绿草地泛出一层红韵。一只壁虎翘着尾巴过来,张张嘴,歪着脑袋看着我,接着又是一只,又是一只,三只都翘着尾巴,尾巴卷成圆形,摊开,卷起。我觉得它们怪可爱的,不由得仰起脖子嚯嚯地笑了。我和我小时候一样,抖动着肩膀笑。见我笑个不停,一只壁虎尾巴一甩跑掉了,剩下的两只相互瞧了瞧,分两路溜去。

天湛蓝湛蓝,草地碧绿碧绿。我瞪大眼睛仔细瞧,这绿和这蓝是我从未见过的。我从未感到过草原和我是如此的陌生。我感觉我是一个遥远的客人,从未在草地上走过,如今来到这里,目睹四野万物蜕变。这蜕变迅猛,渗入灵魂深处,用尖锐的刀刃搜刮一切关于草地的记忆,然后硬铮铮地填满新的血液。

仰脖子去找太阳,这次看见太阳了,它高高地挂着,一朵黑云在其周围舞蹈。

到了一摊荒地,一块儿车辘辘大的石头上一群蚂蚁不停地、疯狂地啃噬着。它们长着蚯蚓身躯,贼亮的黑皮肤。有几只嗅觉灵敏地攀着胳膊爬到我的肩膀上,晃脑袋,翘尾巴,眨眼工夫在我胳膊上咬出小小的口,暗红色的血溢出来。我用指头掐死好几个。

一只羊羔开始乱跳,试图甩掉爬上它脸上的蚂蚁。我噢地呼出声,抱起羔羊捉蚂蚁,捉一只夹在指甲里掐,蚂蚁毕毕碌碌地响着,细长的躯体里喷射出黑色的汁,糊在我脸上。随后,我从怀里找来火柴,扯下衣角一块儿，点燃后扔在石头上。见了火，蚂蚁蹦跶着逃，却没能逃脱，原来它们那翅膀是草叶。我松了口气，火堆随着蚂蚁的挣扎蠕动着，我顺手薅一把干草加在火堆上，那响声更是小鼓一般嗡嗡响。一股股怪怪的味道从那里弥漫，最后车轱辘大的石头原貌露出来了，已被染了一层黑汁，乍看像一位老人的面孔，含着若隐若现的微笑。我觉得，这位老人的面孔，我似曾相识。

羔羊嘴唇上的血流淌不止，母羊爱怜地用舌头舔。我抓把沙敷在羔羊伤口上，止了血。

离开那里，在一片沼泽地里，我和羊群遇见年久的木水槽，里面有水。水槽旁是水井，井周围留有足迹，但那足迹很怪异，前肢是牛蹄印，后肢是马蹄印。我想是我眼花了，弯腰辨个清楚，可我的眼睛怎么擦拭都擦不净，感觉蒙了一层晨雾。

被蚂蚁咬伤的羔羊嘴唇慢慢肿成肉球，且不断增长，使它无力抬头，最后无奈地倒在地上，精疲力竭地张张嘴，眼珠一抬，死了。我坐在它旁边看着它死，却想不起它的名字。查干胡恒远远地站在一旁，拿一双疑惑的眼神盯着我。它不靠近我了。

我向周围望去，满眼满眼的绿色什么时候被消失的，我不知道。眼前竟是无穷无尽的荒地，大地像只超级肥胖的母猪，正在太阳下晒着光秃秃的肚皮。

现在不是我跟着羊群，而是羊群跟着我。羊群和我一同走着，却形同陌路。刚才，我们走着走着岔开了，中间横亘着一条狭长沟壑。我缓慢地走着，盯着前方，双手垂落，袍子被我扯掉了半截，像块布搭在我身上，它下面一对儿变形的膝盖骨时不时撞在一起。我的发如鸟巢，蓬松地遮着脸，几绺头发勾进眼眶里，我也不去撩开。我以为我就会这样一直走下去。然而，正当我毫无力气地迈步时，有什么迅速地撞了我一下，我趔趄着站稳，低头去看，是我的羊群，它们围着我，默默地注视着我。

"孩子们，很快了。"我说道。

羊群的嘴唇嚅动起来，咩咩声震耳。

我几乎要跌倒了，但是又奇迹地迈起了步。走了一阵，訇一声，一个什么从我身旁呻吟着走过去，是一只旱獭。它走了几步躺倒了，它很老了，似乎比我还老，满脸的皱纹，一双狭长的眼睛，发出临死前的微弱光芒。看见它这般模样，我不由得嘻嘻地笑出声来，旱獭似乎也懂我的意思，歪着嘴笑了笑，然后懒懒地闭上眼。我坐起身，去寻找我怀里的佛珠。在我很小的时候阿爸讲过，一个人要时时刻刻用祈祷来净化自己。可是，我没找到我的佛珠。几只沙鼠从我身旁哧溜哧溜地跳过了，它们指头粗的脚趾刨着沙土奔向远处，我以为那是起风了。

不远，大地越来越暗淡，墨色代替了土黄色。一开始我以为那是影子，但是见其久久不肯移去，我才知道那是拳头大的蚂蚱在啃草叶，它们多得如一具天然的大耙子。羊群知道它们的厉害，不用我引导，羊群换了方向。

这当儿，我和羊群行走在一片光秃秃的平地上，这里堆着一摞又一摞白骨。还有，这里到处是裂缝，纵横交错的沟壑、洼地，它们相互肩并肩，相依相偎，上面除了矮矮的沙蒿外就是零零落落的麻黄草，全是猫掌大小的身骨，且草茎透明，捏在手里瞬间化为一抹尘土。又走了很长时间，走到茫茫的戈壁滩，这里只有影子一样的蒿草。羊群去啃那蒿草，牙齿相互咬着，却吃不到一根草茎。这里有很多被遗弃的洞口，里面长着黑黑的草，开着黑色的花朵。

羊群从未见过如此凄然的荒野，饥饿使它们烦躁而焦灼，它们哀怨地咩咩叫嚷。有几只羔羊钻进公羊肚皮底下，当公羊阴阜为奶吮吸几口，公羊恼怒地咬住羔羊的尾巴，甩出几米，那羔羊来不及叫一声就断了气。还有几只母羊，吃掉了羔羊的耳朵。浑身是血的羔羊，凄凄地叫着，走一段路程后，扑倒死去。

傍晚时分，有一条干枯日久的河截住了我们的去路，河床里躺着灰白的碱土。也不知从何时起，天空里几只黑鹰开始一直跟着我们。我冲着黑鹰大声呜呜喊，试图吓走黑鹰，谁知黑鹰嗖地俯冲下来，还没等我缓口气，嗖地飞走，爪子里抓着羊，那羊呱呱呼喊。看着羊群接二连三地受难，我只能缄默地忍受着。我已经无力去关心这些了，我只想见到那位老人。

过河时，河床上圆溜溜的石头忽地滚动起来，像是被看不见的水冲着，羊群停止前进惊讶地盯着滚动的石头，我慌忙地把羊群向河畔赶去，刚到对岸身后一声巨响，回头望，也不知是何方突降的洪水，浪头喷着万层泡沫，白花花地冲过来。那水吐着舌头，卷走岸边的几只羊。我本想要去拉住羊的，可惜脚底一软扑倒在地上，刚抬头，浪里只探出半截羊角。

"噢——长生天啊——"

说也怪，刚卷走羊后洪水就断流了，干枯的河床呈现在眼前，风平浪静的。

夕阳匆匆地丢下万物，藏在邈远的山后面，傍晚不露声色地来了。我躺在河岸上，晕晕乎乎间感觉一阵不可抗拒的力量，携带着震颤从远处某个角落，正慢慢蔓延，并有什么正悄悄地伸缩扭动，紧接着地脉里轰隆隆地响，大地似乎就要被颠覆倾倒，我浑身战栗。忽地，震耳欲聋的厮杀声和马蹄声铺天盖地地降落。还席卷着一股冷风，风里满天的黑旗随风飘舞。喊声持续时间很短，像是从左耳朵钻到右耳朵，便消失了。明明有马蹄声，却没看见一匹马，明明有阵阵的厮杀声，可瞬间溶解在浩空，一会儿一切恢复平静。

我去看我的篓子，里面空空如也，我所有的肩胛骨不见了。

"嗷——呜呜——"狼嚎陡地响起。我直噜噜地坐起身，狼嚎却戛然而止。羊群噼啪地跳跃着聚在一起，它们似乎听到狼嚎了。一个个迷茫、求助、惊愕地看着我。

"嗷——呜呜——"

羊群噗噗地向北奔去，我站起身，追随羊群走了一段路程。查干胡恒停下，它回过头来看我。它已知道狼嚎声是我发出的。查干胡恒凄迷地凝视着我，它的眼神凄凉而怅然。它那灰黄的眼珠里澄着一刀弯月，守着玻璃般的湖水。一会儿湖水起皱了，弯月晃了一下。查干胡恒眼角滴流下一行泪。查干巴日走过去，闻了闻它的耳朵根子，嘴唇迅速地嚅动着，似乎和它说了一句什么，只见查干胡恒晃了晃耳朵。

羊群静静地注视着我，它们已经不惧狼嚎了，它们已懂得那只不过是我在呼喊。然而有几只母羊还是受惊过度，鼻子流着绿汁，屁眼里挤出绿色稀汁，咚地倒地抽搐几下死去。而我，正俯下身刨着沙粒，刨出一块儿石头，放在嘴里嚼两下，扑哧地吐出去。

铃声响起，我怔了怔，向查干胡恒看了看，又冲它笑了笑。这当儿已是清晨，朝阳升起。晕乎间，望见庄稼地里一个孩子骑着猪吆喝着什么，那猪有牛犊高，甩着肉尾巴，长长的鼻子上嵌着圆溜溜的鼻孔，下面是流着口水的大嘴。

羊群从未见过猪，拔腿就跑。

顺着农户田埂羊群奔了一段距离，然后停下，回过头，等着我。田地里，玉米秆高高地叉腰蹬腿，如穿着盔甲的战士。绕过庄稼地，一排树下遇有小小草丛，饿了几天的羊群冲过去饱餐一顿。

继续走了半天，也不知道走了多远，终于到了沙漠边上。灰黄的小沙丘，如干瘪多日的乳房，磨蹭了多半日终攀到沙丘上，站在上面向北望，望见茫茫的沙海。

一只母羊刚爬上沙丘四肢叉开躺下，呜呜咽咽地呻吟着，我走过去，我知道它要生崽了，我去瞧它屁眼，那里露出一张粉嫩的小嘴。我想揉揉母羊的腹部，可是我的胳膊僵硬，根本无法抬起。母羊浑身疼痛难忍地抽搐着，它的脖子伸得老长，眼珠也眯瞪着。没一会儿，母羊嗷地一声尖叫，一团红彤彤的肉球滑落。

我向那肉团瞥了一眼，便知道它是没活气了，它只是一团肉球。

我呆呆地坐着，母羊一动不动，渐渐地它起伏的胸脯停止了起伏。

卧息一阵儿，羊群默契地向沙漠深处走去了，它们的样子像一条长蛇在沙沟里蠕动。最前面的是查干胡恒，最后是查干巴日。

我想站立起来，但是我疲惫至极，只是忧伤地滚动着眼珠，目送羊群。我躺了很久，太阳烘烤着脸。我盯着羊群，直到羊群越走越远，拐过一个沙窝不见了。

皓空，几片云猛地撞在一起，星火一闪，云层变成一股风飕飕地响起。在我触手可及的位置，我的篓子空空地躺着。我觉得我就要死去了，我想起阿爸讲给我的故事：很古很古前，一群没有了主人的羊在沙漠里繁衍生息，当沙漠变成绿洲时，它们变成了梅花鹿，嚯嚯地奔向天涯，其中有的变成了犽，在天际云端里飘浮，越来越远。从那以后，沙漠里就有了魃，它是主宰旱灾的鬼怪。这鬼怪，饿了三百年，必须要吃掉所有羊群才能填饱肚子。后来，沙漠里的一位老人，把肩胛骨压在鬼怪身上，念了咒语，鬼怪才被降服。

这位老人，是不是就是我要去见的那位老人呢？阿爸说：当有一天，草原成为硕大的病榻，除了病入膏肓的嫩草，瘦骨嶙峋的山脉，奄奄一息的河流外什么都没有时，你就去找那位老人，他会为草原号脉。

　　许久后，我憋足劲儿坐起来，我想再看一眼我的羊群。当我刚要坐起身的一瞬间，一阵风劈头盖脸地扑过来，里面藏着一张大嘴，我什么都看不见了，额头上被什么重重地撞击，耳旁只听见呼呼的刮风声，以及震耳欲聋的铃铃铃声，从我头颅里向四处扩散，我感觉我就要粉身碎骨了，就要变成一抹尘土了。然而，恍惚间，漆黑里我看见一只棉球一样的东西向我奔来。我定睛细瞧，原来是我的沙日塔拉，它咩咩叫着向我跑过来，而它后面是那个名叫旱魃的庞然大物。

神的水槽

天空里，又是那朵孤云。已经是第六天了。六天以来，每到午后一刻，那朵云便神秘地出现在高空中。头几天，阿云达日玛额吉还没发现它。到了第四天，阿云达日玛额吉觉得那朵云好眼熟。到了第五天，不用抬头望，阿云达日玛额吉也能想出那朵云的模样了。那朵云像颗巨大的骷髅，悬在头顶上，叫人莫名其妙地感到慌乱。

到了夜间闭灯后，阿云达日玛额吉悄悄地到了屋外。她本以为那朵云到了夜里会消失，然而，她惊奇地发现，那朵云不但没有消失，而且在幽暗夜空中镶着灿白的光芒，显得比白天透亮、耀眼，晶莹剔透。阿云达日玛额吉摸黑到了草棚前，敲起吊在檐下的驼铃。她想，铃声或许能把它吓走。

"达日玛额吉，夜里您敲驼铃了？"早茶时，噶扎尔扈来到家里这样问道。

"嗯，瞅着叫人发慌。"

"是那朵——？"

阿云达日玛额吉没答话，噶扎尔扈继续说："扎桑扎布老人说他也瞅见了。"

"谁？"

"扎桑扎布老人。"

"白天？"

"夜里。"

阿云达日玛额吉相信噶扎尔扈的这句话，虽然扎桑扎布的眼睛二十多年前被牛角伤着后失明了。

到了正午，阿云达日玛额吉在老井上挑水饮牲畜。噶扎尔扈急匆匆地来了，说："额吉，坏了，老人不见了。"

"扎桑扎布？"

"嗯，枪也不见了。"

"噢。"

"上午他在仓房里，我以为他在找晾干的牛肉，哪知道是在找枪。早该把它拆了烧掉的。"

"嗷哒，他一个老糊涂，眼皮儿都抬不起来了，还能托起个枪杆？"

噶扎尔扈俯身把住水槽要喝水，见水槽内没水，说："井里又见底儿了？"

"嗯。"阿云达日玛额吉提上水桶来，桶底儿沾了泥。

"还得挖井。"

"不要挖了，挖了也是瞎的。"

"一定得挖。不然，还会渴死羊的。"

这时一只母羊懊恼地叫起来，母羊的眼球凸出来，蒙着一层黄黄的液体，看上去病怏怏的。它一叫，其余的羊也叫起来。

"一定要挖井。"

噶扎尔扈抬脚走过去，走远了回头喊："达日玛额吉，您到后梁瞅瞅？或许，老人到那边了。"

阿云达日玛额吉朝后梁走去，羊群从她后面急促地叫着，有几只追过来，缠住了她。

"嗨，曜了嘿哒（蒙古语，可怜的），看看你们的舌头，都干成石头了。"

也不知有多久没下过雨了，如果阿云达日玛额吉没有记错的话，沙窝子地应该是有三年没下过一场透雨了。前些天扎桑扎布老人说，总也不下雨，草不长身子了，石头却长了。

阿云达日玛额吉摔摔打打地绕过羊群。羊群留在那叫，声音干干的，长长的，似乎要把整个沙窝地因为干旱而枯竭的河流都唤醒。

"什么石头长身子了？那是草败了。都老了，还是讲不明白话。"

阿云达日玛不怕这句话传到扎桑扎布老人的耳朵里。其实，阿云达日玛额吉年轻时就想把这句话讲给扎桑扎布老人听的。只是，那时总也瞅不准递上这句话的空隙。那时，扎桑扎布老人的眼睛还没坏，盯着人看时，总有种咄咄逼人的神色。阿云达日玛额吉觉着那眼神有种号召力，总是令她不知不觉中向他身边游移。然而，她的叔父不喜欢那眼神，更不喜欢那眼神背后的一种威慑力。阿云达日玛额吉从小没了父母，是叔父叔母一手拉扯大的。她知道，她的一切得由叔父来安排。

后梁是一道慢坡，足足有一里地长。如果不是年过六十八，阿云达日玛额吉是不会到梁上的。沙窝子地的女人六十八岁前是不能到梁头上的，在沙窝子地这样的风俗还有很多。比如，有几株枝丫繁茂的老槐树，这里人称其为"额布根"树，女人是不能靠近的。有一条名叫哈马尔代的小河也是女人不能蹚过去的。

阿云达日玛额吉走着走着，突然想起什么似的回头看，那朵云还在。湛蓝天空下，结实得近乎石化了。

据说梁头有块儿大大的土墩儿，周围摞着狼骨头。在阿云达日玛额吉十四五岁时，比她大两岁的扎桑扎布向她炫耀过他见到的狼头骨。

"这么大，不，这么大——"扎桑扎布甩开双臂，继续说，"脑袋比牛犊的大一圈。"

"牙呢？"

"白，很白。"扎桑扎布说着，把牙一龇，瘦瘦的脖子上竖起两道筋来。

阿云达日玛吓得把眼捂紧。

"要不，我带你去瞅瞅。"

"不不。"

"我背着你去，就像过哈马尔代河一样，男人背着女人过。"

"你又不是大男人。"

"我怎么不是男人？沙窝子地的男娃从脚掌踩地的那一刻就是男人。"

想到这里，阿云达日玛额吉不由得笑了。她记得那时扎桑扎布真是一个小小的男子汉，黑黑的脸上闪着一对儿狼眼。他自己说，他的眼睛像狼的眼。那时，他的眼神是多么的犀利。可是如今呢？那双眼在他苍老的脸上凹进去，成了一对儿小小的干涸的湖泊。

咚——

忽地，一阵巨响。

阿云达日玛额吉停住脚步，她不确定听到了什么。疑疑惑惑间向四下望去，沙窝子地静悄悄的，什么都没有。只是，刚才还叫着的羊群瞬间不叫了。

阿云达日玛额吉抬头看，这时她惊奇地发现那朵云正快速地拧巴起来，像颗巨大的心脏一样，松一下紧一下地抽搐着。一会儿，猛地缩成一团，又迅速弹开，甩出一道长长的、发光的白尾，往下坠。阿云达日玛额吉见过活着的心脏，那时她还很小。一个雪天，叔父牵来一匹马，马背上驮着一个冻僵了的，半死不活的人。叔父拿砍树的刀往马肚子一划拉，将那人往马肚子塞。那瞬间，她瞥见马的心脏还一颠一颠的。那次她哭了三天。到了第三天，见她哭肿了眼睛，叔父烦了，冲着她吼：再哭，把你也塞进去。

阿云达日玛额吉有时候其实挺为自己牢固的记忆烦躁的。她想，她都七十多了，却总能忆起年少时的事情。记忆真能把人活成了一筐枯草，无论怎么抖，都抖不净尘土味。

阿云达日玛额吉觉着眼睛迷糊，眨巴眨巴几下，刚把眼上的水擦去了，那个拖着长尾的东西已经挨近地面了。

轰——

随着巨响，一股不可抗拒的撞击力从地表下传到阿云达日玛额吉的身上，叫她不由得左右颠晃。

"哦，布尔罕（蒙古语，神），我还活着吗？"

地表上黄尘铺散开来，羊群先是一片沉寂，紧接着，乱叫一片，朝圈子那边逃去。逃到一半儿，站住，回头望，眼睛都瞪圆了。阿云达日玛额吉抬头望去，天空里空空的。那朵云不见了。

许久许久后，一块儿大大的冰坨子从黄尘间凸显出来。

阿云达日玛额吉再次抬头朝天空里望望，碧空万里。那朵云果真是落下来了。

"哦，苍天保佑，难道传说应验了？"

阿云达日玛额吉想起小时候听祖父讲过的传说。祖父曾跟她讲，若天大旱，牛羊的眼睛变红了，牧羊人就得向天祈雨。心善的人能求来一坨冰云，那云落到地上，能救活万物。

阿云达日玛额吉舒口气，朝着冰坨子挪脚。羊群见主人并不回来，也慢慢聚过来。它们像跟着将军前行的士兵，紧随着阿云达日玛额吉。

老人停，它们也停，老人走，它们也动。它们的脚底静悄悄的，这是它们头一回踩出如此轻盈的步伐，它们显得个个都通灵。

落下来的云比阿云达日玛额吉的仓房还大，先是微微地晃动，像极了某种被剥去皮的巨兽在那里挣扎。渐渐地凝固了，成了一块儿坚硬的冰坨子，在酷阳下泛着光。

阿云达日玛向东望望，东边无人。向西望望，西边亦无人。

"扎桑扎布——你快来瞅瞅——。"

阿云达日玛额吉轻轻地唤道，唤过了，心下又觉得自己真是活糊涂了。甭说扎桑扎布老人不能听到她的呼声，就算听到了，也不能瞅见啊。如果这件事发生在二十多年前，不用她来唤，他也会第一个出现在她跟前。那时，他总是在她身边保持着一定的距离存在。后来她嫁人了，生育了三个娃。他还是不近不远地存在着。很早以前，沙窝子地人都以为阿云达日玛会嫁给扎桑扎布。可是，阿云达日玛嫁给了给她叔父当羊倌的外来人。嫁给外来人后，阿云达日玛也没离开沙窝子地。后来人们发现，比起阿云达日玛，她的叔父更喜欢那个干起活来像头牛一样卖力的外来人。再后来，外来人和叔父都过世了，三个孩娃长大后也离开了沙窝子地。沙窝子地人又说，这下扎桑扎布终于可以与阿云达日玛额吉生活到一起了。然而，扎桑扎布却像个泥人，不吐半句话。

"他是瞅见了这朵云的啊。"阿云达日玛额吉自言自语道。

老母羊迟迟疑疑地向着冰坨子走去，很近了，勾下脖子，像只狗一样嗅着往前蹭。几乎触到冰坨子了，止住，回过头冲着阿云达日玛额吉叫。

阿云达日玛额吉握紧拐杖，踱了几步。老母羊小心翼翼地嗅着，轻轻地舔一下，匆匆往后撤，又凑过去舔，叫起来。那叫声颤巍巍的，像是从它瘦小的躯壳内逃出来的。

"噶扎尔扈——"阿云达日玛额吉喊道。

一只黑头羊凑过去，它是羊群里脾性最坏的公羊。长着一对儿结实而锋利的角，稍有烦闷了，追着羊打架。它到了冰坨子跟前，抬头望望，好似知道这块儿冰是从天上掉下来的。黑头羊没有像母羊那样小心地舔了又舔，而是狠狠地咬，嘎巴一声，落下一块碎冰。黑头羊嚼起了冰，好几次冰块儿从它嘴里掉了下来。每次重新含到口腔里时，黑头羊都发出很是厌烦的哝哝声。

阿云达日玛额吉摸冰坨子，凉凉的，沁着一层水气，拿手掌摩挲，滋滋啦啦地响。这一响，响到阿云达日玛额吉心坎里：这分明是苍天放下来的水槽啊。阿云达日玛额吉唤羊群，羊群受了主人的召唤，扑腾腾地围过来，争先恐后地舔起冰坨子来。滋滋啦啦，滋滋啦啦的，羊舌头刮冰坨子，好似风在捽打草梢头。

黑头羊烦躁地把挨住它的几只羊赶走了。

"黑头羊，就你长了角？"阿云达日玛额吉拿拐杖告诫黑头羊：不是就你一个要活命，你若再要性子，就等着挨揍吧。

"您——？怎么？瞄准的？"噶扎尔扈磕磕巴巴地向扎桑扎布老人问道。他怎么想都不相信，冰坨子是扎桑扎布老人用枪打下来的。

"有啥稀罕的？当初眼睛能使唤时，只要见草梢头晃一下，我就能把狼脑袋打碎。"

"可是？那是一朵云啊。"

扎桑扎布老人听了撇嘴一笑，把枪塞给噶扎尔扈，说："拿去喂炉子吧，没了子弹，这家伙也就瞎了。"

到了午后，羊群散去了，冰坨子上有了密密麻麻的凹痕。羊群大概有好多天没这般惬意了，好多只躲在树影下，睡起觉来。

"去，给我劈几块儿来。"

噶扎尔扈持斧头去了，一会儿回来，端着半盆冰。扎桑扎布拿一块儿含入口腔，滋溜滋溜地吸了几口冰水，说："还是老味道，那会儿到了冬天我们就吃冰。"

"我去把冰都劈了，搁进水槽里。不然，怕是熬不到明早的，天太热了——"

"那不会，不会。那不是冰坨子。"

"不是？怎么能不是？"

"我说不是就是不是。沙窝子地的事我还不懂？"

扎桑扎布老人说着，把棉袄往肩头一搭，走出屋。已有十多年光景了，扎桑扎布老人一年四季都穿着棉袄。有人说，脱去了棉袄，扎桑扎布老人就是一把骨头。活成一把骨头的人，脾性也会很硬。扎桑扎布老人便是这样的。

第二天早晨，噶扎尔扈惊奇地发现，冰坨子没有变小。到了晌午，羊群直端端地冲着冰坨子去了。除了羊群，还有野鸟也落在冰坨子上。它们叽叽喳喳叫着，好似在讲，这块儿巨大的冰是苍天赐予它们的午餐。

天气比前几日还要闷热，沙窝子地几乎成了一面不断膨胀的烙饼。人走过去，热气从地面上往上扑腾。即便扎桑扎布老人告诉噶扎尔扈不用担心冰坨子会融化掉，但是噶扎尔扈仍担心正午的毒阳会把冰坨子蒸发掉。不过，直到傍晚，冰坨子依然浑然不动地立在那里。只是，满身的坑坑洼洼，像个新新的蜂窝。

酷暑天延续了十多日，冰坨子变小了，变成一头卧牛那般大了。黑头羊仿佛觉察出冰坨子就要消失了，它守在那里，不叫别的羊去舔了。它那张牲畜的脸上，露出不可被侵犯的恼怒。这次，阿云达日玛额吉没有告诫黑头羊，它会挨揍的。

趁着这几日，噶扎尔扈挖了眼井，不见水。又挖了一眼，还是不见水。

"再不下雨，羊会渴死的。"

"不怕，明日有雨。"

"您咋知道的？天上可一点迹象都没有。"

"嗨，我知道苍天的脾性。"

第二天，果真下了一场暴雨。雨中，噶扎尔扈跑到阿云达日玛额吉家。

"额吉，老人走了，刚走，雨刚下时——"

"走了？走了也好。这下他可是放心了。"

"留了一句——"

"嗯——"

阿云达日玛额吉走到屋外，雨中，冰坨子早已不见了。羊群在圈里卧着，个个眯缝着眼，仿佛在怀念某个甜美时刻。

噶扎尔扈牢牢记住了扎桑扎布老人丢下的那句遗言：一辈子守了沙窝子地，最后，终于把苍天的心脏给沙窝子地打下来了。

这句遗言，在阿云达日玛额吉那里，变成了一句情话。扎桑扎布老人一生中只说过的这么一句情话。

图书在版编目（CIP）数据

七角羊／娜仁高娃著. -- 北京：作家出版社，2019.8
（中国少数民族文学之星丛书·2019年卷）
ISBN 978-7-5212-0585-5

Ⅰ. ①七… Ⅱ. ①娜… Ⅲ. ①中篇小说 – 小说集 – 中
国– 当代 ②短篇小说 – 小说集 – 中国– 当代 Ⅳ. ①I247.7

中国版本图书馆CIP数据核字（2019）第104189号

七角羊

作　　者：	娜仁高娃
责任编辑：	史佳丽　李亚梓
特约编辑：	陈　涛　杨玉梅　郑　函
装帧设计：	孙惟静
出版发行：	作家出版社有限公司

社　　址：北京农展馆南里10号　　邮　　编：100125
电话传真：86-10-65067186（发行中心及邮购部）
　　　　　86-10-65004079（总编室）
E-mail:zuojia@zuojia.net.cn
http://www.zuojiachubanshe.com
印　　刷：北京玺诚印务有限公司
成品尺寸：152 × 230
字　　数：161千
印　　张：13.25
版　　次：2019年8月第1版
印　　次：2019年8月第1次印刷
ISBN 978-7-5212-0585-5
定　　价：36.00元

作家版图书，版权所有，侵权必究。
作家版图书，印装错误可随时退换。